SVLTO

Der junge August Zollinger sucht nach seiner Berufung – und versucht sich in verschiedenen Berufen. Seinen Traum, Bücher zu drucken, kann er in seinem Heimatort nicht verwirklichen. Deshalb zieht er hinaus in die Welt: Er arbeitet als Bahnwärter (und erliegt der Stimme einer Telefonistin), verdingt sich als Soldat in der Armee (und erhört die Stimme der Bäume), fertigt Stempel und Schuhe (und erkennt sie an ihrem Klang). Am Ende seiner Lehr- und Wanderjahre findet er – tatsächlich – das große Glück in den ganz kleinen Dingen.

Der Weg der Vollkommenheit, auf den sich August Zollinger begibt, ist zwar gesäumt von Hindernissen – doch alle sind sie zu überwinden. Pablo d'Ors hat einen anrührenden, fein ziselierten Roman geschrieben, der in einem zeitlosen, märchenhaften Österreich mit Schweizer Ortsnamen und deutschen Dichtern und Denkern spielt: einer Welt, in der Klopstock, Goethe und Hesse mit Roth, Walser und Ramuz zusammenkommen.

»Eine wunderbare Geschichte von nur scheinbarer Einfachheit – voller überraschender Vorfälle und geistreicher Einfälle.«   El Cultural

Pablo d'Ors

Die Wanderjahre des August Zollinger

Aus dem Spanischen von
Enno Petermann

Verlag Klaus Wagenbach   Berlin

*Für Fernando Kuhn, den Seelenverwandten,
und für jene, die fern der Heimat leben.*

Man soll über alle Meere fliegen,
sich fortpflanzen aber muss man in
einem Nest.

XENIUS

Inhalt

DRAMATIS PERSONAE

August Zollinger
Magdalena Forsch, *die Telefonistin der Eisenbahngesellschaft*
Ferdinand Klopstock, *Soldat*

Albin Staufer, *der Drucker von Romanshorn*
Rudolf Staufer, *sein Sohn*
Gaspare Naldi, *sein Geschäftspartner*

Gerhart Weber, *Eisenbahner und Selbstmörder*
Eisenbahner aus Schwabing, Eisen und Darmbrücken

Soldaten des dritten Kavalleriebataillons:
Francis Walser, *stotternder Schweizer*; Saphir, *Ungar*
mit dichtem schwarzen Schnauzbart; Efraim Eyck, *»der*
Holländer«; Karl Ramuz, *Imker*; Christopher Ohnet; Peter
Arx; Georg Thaler; Hermann Seume; Bruno Eisoldt;
Otto von Bloesch; Büchner; Greif, *Chorleiter*; Dornach,
Solist; Schlatter, *Solist*

Truder, Frieder und Heinz, *Freunde aus Kindertagen*
Georg Frouchtmann, *Zeichenlehrer*
Der Bürgermeister von Rosenwohl

Beamte im Rathaus von Appen-Tobel:
Jacob Mazenauer, *Beamter zweiten Ranges*
Loos, *Bürochef*
Julius Weibel, *Beamter zweiten Ranges*
Achim, *Bursche*
Der Bürgermeister von Appen-Tobel

Liese Schmeller, *Bäckerin*
Ehemann der Bäckerin
Frau des Beamten Mazenauer

Tobias Schneider, *alter Schuster*

Bis zu seinem siebenundzwanzigsten Geburtstag hatte August Zollinger weder einen Beruf noch eine Arbeit ausgeübt - nicht einmal irgendeine unregelmäßige Tätigkeit, von der man hätte sagen können, dass sie dem Gemeinwohl diente -, weshalb die Einwohner von Romanshorn, dem Ort, aus dem er stammte und den er nie verlassen hatte, sich sehr wunderten, als der junge Zollinger eines Tages über seiner Haustür ein Schild annagelte, auf dem in großen Buchstaben das Wort »Druckerei« zu lesen war.

Die Überraschung der Bürger war berechtigt: Seit mehr als drei Generationen besaß Romanshorn eine Druckerei, in deren heruntergekommenen Räumen mit ihren hohen Decken und ihrem fahlen Licht der alte Staufer arbeitete, den die Einwohner nur »den Drucker von Romanshorn« nannten. Da alle so daran gewöhnt waren, ihn mit diesem Ausdruck zu bezeichnen, wusste niemand, dass der alte Staufer, dessen Gesicht unverkennbar vom Alkoholmissbrauch gerötet war, eigentlich Albin hieß, ein Name, den er – aus wer weiß welchen Gründen – sein Leben lang zu verbergen suchte.

In jener alten Druckerei gegenüber dem Richard Wagner gewidmeten Denkmal auf dem Hauptplatz – zur Erinnerung an die Nacht, die der berühmte Komponist in Romanshorn verbracht hatte – arbeitete ebenfalls der Sohn des alten Staufer, Rudolf Staufer, der darauf wartete, das väterliche Geschäft zu übernehmen, sobald sein Erzeuger ihm dies zutraute, ein Augenblick, der zu seinem Leidwesen Jahr für Jahr hinausgeschoben wurde. Insgeheim träumte auch Rudolf, das jüngste der vier Staufer-Kinder, dessen Brüder bereits verheiratet waren und das Elternhaus verlassen hatten, davon, »der Drucker von Romanshorn« genannt zu werden, ein Amt, mit dem er vertraut war und das er dank seiner handwerklichen Begabung mit äußerstem Geschick erfüllte.

In Anbetracht dieser Umstände konnte das Schild, das August über seiner Haustür angebracht hatte, ebenfalls am Hauptplatz, wenn auch recht weit entfernt vom Wagner-Denkmal, nicht anders als eine Beleidigung, vielleicht sogar als eine Bedrohung für die Staufers verstanden werden. Die Einwohner von Romanshorn, diesem ruhigen Ort im reichen, für seine Weine bekannten Bezirk Appen-Tobel, machten sich deshalb darauf gefasst, Zeugen eines hitzigen Nachbarschaftsstreits zu werden.

Jene, die den arbeitslosen Zollinger öfter besuchten – nicht viele, denn der junge Mann hatte einen scheuen und schweigsamen Charakter -, versicherten, nichts liege dem Willen ihres Freundes ferner, als eine Auseinandersetzung herbeizuführen und die Staufers zu beleidigen, die in ganz Appen-Tobel für ihren sprichwörtlichen Jähzorn bekannt waren. Die wenigen, die mit August Umgang pflegten – der sich aufgrund seines melancholischen Wesens immer wieder mit krankhaftem Eifer in die umliegenden Wälder zurückzog -, wussten genau, dass das Schild, das er über seiner Haustür angebracht hatte und dessen Buchstaben wie gesagt »Druckerei« verkündeten, keine bloße Laune darstellte. In der Tat, die Vorräte an Druckerschwärze und Papier, die er sich besorgt hatte, waren kein kurzfristiger Einfall. Ebensowenig wie die großen Tische, die er aus Rorsdorf hatte kommen lassen, die Presse, die Papierschneidemaschine oder, zuletzt, sein felsenfester Entschluss, der Drucker von Romanshorn zu werden, wie sehr das Schicksal diese Aufgabe auch dem Jüngsten der Staufers zugedacht haben mochte, gegen den er – es sei erwähnt – wegen einer früheren Rivalität einen gewissen Groll hegte.

Ob es nun die hohen Decken in der Druckerei der Staufers waren, das geheimnisvolle fahle Licht in ihren Werkstatträumen oder vielleicht der starke Geruch nach Druckerschwärze, den der Ort verströmte: Tatsache ist, dass August sich seit seiner Kindheit unwiderstehlich vom Beruf des Druckers angezogen fühlte.

Schon mit sechs Jahren hatte er viele Nachmittage lang auf einem Schemel in einer Ecke der Druckerei gesessen und zugesehen, wie der alte Staufer das Papier presste, wie er große Bogen von riesigen, an der Wand befestigten Rollen schnitt, die immer wieder in seinen Kinderträumen auftauchten. Von der Buchherstellung fasziniert, beobachtete der Kleine, wie der Alte liebevoll das Papier vorbereitete und es langsam in die Presse schob, damit keine Luft zwischen den Seiten blieb. Mit großen Augen verfolgte er die Bewegungen der erfahrenen Hände des Druckers, wie sie die Fäden in das Papier einführten und die Abstände zwischen ihnen anglichen, nicht ohne zuvor den Faden in Wachs getaucht zu haben, um den natürlichen Widerstand des Materials zu überwinden. In all diesen stummen Lehrstunden lernte August etwa, dass es möglich war, das Buch in einem Zug von oben nach unten (die spanische Variante), jeden zweiten Bogen abwechselnd (die französische Variante) oder auch mit Bändern (für besonders dicke Bücher) zu heften. Sein übliches Schweigen brechend, erklärte Vater Staufer ihm einmal, wie man die Einbände in Broschur, in Leinen oder – wenn der Kunde Geld hatte – sogar in Leder ausführen konnte, und erlaubte ihm, beim Ankleben des ersten Bogens am Deckblatt, wodurch der Band Festigkeit erhielt, zu helfen. Doch was dem Kind Zollinger am meisten gefiel, war zweifellos der Moment, wenn der alte Staufer den Buchrücken mit einem winzigen Hammer beklopfte, um ihm so die richtige Geschmeidigkeit zu geben.

Auf der anderen Seite brannten sich der Lärm der Druckmaschine und der Duft der über die Walzen verteilten frischen Farbe unauslöschlich ins Gedächtnis des jungen Zollinger. Das war der Stand der Dinge: Während Rudolf Staufer, mit dem er in der Schule die Bank teilte, in den Wald ging und mit den übrigen Jungen spielte, beobachtete der kleine August Rudolfs Vater bei der Ausübung seines Berufs und bewunderte die Meisterschaft, mit der er die Buchdeckel mit einem dicken Pinsel mit Leim bestrich oder die Fäden an die Seiten heftete, oder sein Geschick, wenn er ein Bündel Papier zu einem akkurat ausgerichteten Stapel formte, oder aber, und das tat er am liebsten, er berauschte sich am Geruch der Druckerschwärze, der die Luft erfüllte.

Aus all diesen Gründen war der alte Staufer von dem Schild über der Tür des jungen Zollinger keineswegs überrascht, was jedoch nicht verhinderte, dass sein Gesicht noch röter wurde als gewöhnlich und er einen Fluch vor sich hin murmelte, als er nach Hause kam. Am selben Abend sprach der alte Drucker von Romanshorn über die heikle Angelegenheit mit seinem Sohn Rudolf, der gleichermaßen über das empört war, was er schon jetzt für eine schwere Beleidigung hielt. Anscheinend beschlossen Vater und Sohn bei dieser nächtlichen Zusammenkunft, einen drastischen Schritt zu unternehmen und das Problem mit der Wurzel auszureißen.

Etwas Schreckliches muss in jener Nacht zwischen den Staufers und dem Anwärter auf das Druckeramt vorgefallen sein, denn am nächsten Morgen hing das Schild »Druckerei« nicht mehr über Augusts Haustür und auch nirgendwo sonst. Doch das Schild war nicht das Einzige, was aus Romanshorn verschwand: August selbst wurde weder an diesem noch an den folgenden Tagen von irgendjemandem gesehen. Angesichts der legendären Reizbarkeit der Staufers äußerten viele den Verdacht, diese hätten den Jungen aus dem Weg geräumt, etwas, das die Drucker, so befremdlich es klingen mag, niemals leugneten. Und als sei das nicht genug, hatte sich der Gesichtsausdruck des jungen Staufer verändert, seit August nicht mehr im Dorf war: Seine Miene, die früher offen und heiter gewesen war, hatte sich verdüstert. Er blickte seine Mitmenschen an, als hätte er eine schlaflose Nacht hinter sich oder als wäre er ein alter, des Lebens müder Mann.

Als die Bürger von Romanshorn sich schon unverhohlene Sorgen über das Schicksal von August Zollinger machten, als die Polizei bereits über das plötzliche Verschwinden des Jungen alarmiert worden war und ihre Ermittlungen aufgenommen hatte, kam die Nachricht, August arbeite als Eisenbahner in Rosenwohl, einem Ort, der in ganz Österreich für seine hohe Selbstmordrate bekannt war, höher noch als die von Salzburg.

August Zollinger traf am selben Tag in Rosenwohl ein, an dem Gerhart Weber, der
Bahnangestellte dieser kleinen Ortschaft, nach
über dreißig Jahren im Dienst der Eisenbahn
unter tragischen Umständen verstorben war.
Niemand hatte etwas dagegen, dass der junge
Fremdling sogleich die freie Stelle einnahm,
denn keiner von denen, die nach diesem Posten hätten streben können, wollte dort arbeiten, wo es ein Selbstmörder getan hatte: Das sei
ein schlechtes Vorzeichen.

Obwohl er Weber gar nicht gekannt hatte,
erklärte August öffentlich, dass er nicht an den
Selbstmord seines Vorgängers glaube. Warum
sollte sich jemand von einem Berggipfel stür-
zen, argumentierte er (anscheinend war Weber in den Abgrund gesprungen), wenn er sich
doch jeden Tag vor den Zug werfen konnte? Offenkundig hatte noch niemand in Rosenwohl
in dieser Weise über den Tod des Bahnangestellten nachgedacht, weshalb man den Fremdling Zollinger für einen »denkenden Menschen« hielt - das sagte man über ihn - und

ihn im Dorf für seinen Verstand und seine Unabhängigkeit respektierte.

In den Monaten, die er in Rosenwohl verbrachte, führte August Zollinger ein sehr einsames Leben, da sein Arbeitsplatz sowie die dazugehörige Wohnung sich am Ortsrand befanden. Dank seines schweigsamen, zurückhaltenden Wesens, aber auch seiner innigen Liebe zur Natur störte den frischgebackenen Bahnangestellten die Abgeschiedenheit, die seine neue Aufgabe mit sich brachte, nicht weiter. Bevor er das überraschende Angebot annahm, erklärte August vor Zeugen, er fühle sich bestens geeignet für eine Mission, die keine besonderen Fähigkeiten verlange. Außerdem sagte er, es werde ihm Vergnügen bereiten, die Züge vorbeifahren zu sehen. Was er nicht eingestand, war, dass er in der Einsamkeit von Rosenwohl und in seinem abgelegenen Bahnwärterhäuschen – das er besichtigte, bevor er seine endgültige Zustimmung gab – Zeit hätte, gründlich über seinen Zusammenstoß mit den Staufers, Vater und Sohn, in jener Nacht nachzudenken, in der er mit dem Tode bedroht und aus seinem Heimatdorf vertrieben worden war. Er wollte herausfinden, welchen Weg er einschlagen musste, damit er eines Tages das Ziel erreichte, nach dem er seit seinem siebenten Lebensjahr gestrebt hatte: der Drucker von Romanshorn zu werden.

Um die Weiche zu stellen, musste August morgens um Viertel vor sechs am Platz sein, eine halbe Stunde, bevor der Zug kam: ein

Nachtexpress, der die Strecke von Prag nach Wien zurücklegte. Das war seine einzige Aufgabe, einfach, aber auch äußerst verantwortungsvoll, denn jede Nachlässigkeit seinerseits konnte zum Entgleisen des Zuges führen. Er mochte sich nicht einmal vorstellen, dass durch seine Schuld eine derartige Katastrophe geschah. Mehr Züge fuhren nicht durch Rosenwohl, sodass der restliche Tag ganz zu seiner Verfügung stand.

Der Selbstmord Gerhart Webers nach dreißig Jahren entsagungsvollen Dienstes für die österreichisch-tschechische Eisenbahn erschien dem jungen Zollinger am Ende der ersten Woche in jener abgelegenen und tristen Hütte in Rosenwohl schon viel verständlicher. Obwohl er sich bemühte, am Tage so viel wie möglich auszuruhen – um zu der frühen Uhrzeit, wenn der Zug vorbeikam, hellwach zu sein –, fürchtete August, dass ihn der Anruf, den er eine halbe Stunde vor der Durchfahrt des Expresszuges erhielt, unvorbereitet treffen könne, fern von seinem Bahnwärterhäuschen, das man über eine Treppe erklimmen musste, auf der er häufig stolperte: Stets hatte der junge Eisenbahner das Gefühl, die Stufen würden unter seinen Füßen wegbrechen. Deshalb konnte er erst, wenn der Zug wie geplant um sechs Uhr fünfzehn durchgefahren war, ruhig schlafen, allerdings nie sehr tief und nur für wenige Stunden, denn die Sorge, die Weiche nicht rechtzeitig zu stellen, quälte ihn derart, dass er schweißgebadet aufwachte. Wegen des Schlafmangels und der überreizten Nerven fand August in den endlosen, frustrierenden Stunden des Wachseins die drastische Maßnahme seines Vorgängers Weber durchaus gerechtfertigt, dessen langes und kärgliches Dasein – jetzt verstand er es – ungemein zermürbend gewesen sein musste.

Warum also hielt August Zollinger es so viele Monate in dieser Beschäftigung aus? Um das zu beantworten, muss man wissen, dass es in Augusts Leben eine Frau gab.

So groß war der Wunsch des Eisenbahners Zollinger, dass der Express Prag-Wien endlich kommen möge – und jetzt war er froh, dass es nur einer war –, so sehr sehnte er den Zeitpunkt des Weichenstellens herbei, damit er sich wieder ins Bett legen konnte, dass es nicht selten geschah, dass er, vom Schlaf übermannt, das Signal des Zuges schon zu hören meinte, lange bevor dieser seine Station passierte.

In solchen Momenten presste August das Ohr ans Gleis und glaubte trotz seines Ärgers über die zahllosen nächtlichen Geräusche auf dem Land, Dinge zu vernehmen, die kein anderes menschliches Gehör erkennen konnte. So wirklich ertönte die Lokomotive des Expresszugs in seiner Einbildung, so überzeugend, dass der junge Eisenbahner mehr als einmal überstürzt hochschrak und zu seinem Wärterhäuschen eilte, um die Weiche, wie er bald merkte, zu früh zu stellen.

Wenn nach all dem Gesagten in August noch ein Rest romantischer Liebe zur Eisenbahn übrig war - von der er gesprochen hatte, bevor er den Vertrag unterzeichnete -, verflüchtigte sich diese Neigung gänzlich in den langen Monaten, während derer er in Rosenwohl immer öfter vom bedrohlichen Pfeifen heranrasender imaginärer Lokomotiven überfallen wurde.

Was war es also, was ihn veränderte? Wie kam es, dass er seine Seelenpein so sehr verlängerte? Die Frage bleibt ungeklärt, auch wenn bereits erwähnt wurde, dass zu dieser Zeit eine Frau in August Zollingers Herz eindrang: die Telefonistin der Eisenbahngesellschaft.

Um eine halbe Stunde vor der Zugdurchfahrt sicher zu sein, dass sich die Bediensteten in Schwabing, Eisen und Darmbrücken auf ihren jeweiligen Posten befanden, hatte die österreichisch-tschechische Eisenbahngesellschaft eine Telefonistin angestellt, deren Aufgabe darin bestand, täglich die Zugverantwortlichen dieser drei Dörfer anzurufen, sowie andere Eisenbahner in anderen, weiter entfernten Orten, die - so ist anzunehmen - für die Durchfahrt anderer Züge auf nationalen oder europäischen Strecken zuständig waren. Auf diese Weise verbrachte »die Telefonistin der Eisenbahngesellschaft« - wie August sie für sich nannte - ihren Tag damit, telefonisch zu überprüfen, dass alle ihre Pflicht erfüllten. So viele Anrufe musste die junge Telefonistin tätigen (aus dem Klang ihrer Stimme schloss August auf ihr Alter), dass sie, stets von Eile getrieben, sich nicht mit irgendwelchen Höflichkeitsfloskeln aufhalten konnte. Den Anweisungen ihrer Vorgesetzten folgend, musste sie, ob sie nun mit dem Verantwortlichen von Eisen, dem von Schwabing, von Darmbrücken oder einem anderen sprach, sobald der Telefonhörer abgenommen wurde, fragen: »Bereit?« Nichts weiter. Von dem Bediensteten wurde erwartet, dass er mit derselben Formel antwortete, allerdings ohne fragenden Ton: »Bereit.«

Da die Stimme der Telefonistin oft die einzige war, die der Eisenbahnnovize im Laufe des ganzen Tages hörte, darf es nicht übermäßig verwundern, dass der einsame Zollinger nach wenigen Tagen in seiner neuen Arbeit einige Überlegungen anstellte, auf die er in einer anderen Situation nie gekommen wäre. Er bemerkte zum Beispiel, dass die Frau in einem winzigen, aber bedeutsamen Akt des Aufbegehrens nicht nur »Bereit?« sagte, wie man es von ihr verlangte, sondern auch »Fertig?«. Zweifellos handelte es sich nur um eine kleine Variation im Vokabular – die ihr von ihren Chefs vielleicht nicht vorgehalten werden konnte –, denn die Wörter waren Synonyme und übermittelten daher dieselbe Information.

Aufgrund seiner eigenen widerspenstigen und undisziplinierten Vergangenheit nahm der kleine Verstoß den jungen Eisenbahner für die Stimme ein, über die er andererseits nur wusste, was er aus der Art ableiten konnte, wie sie die Wörter »bereit« und »fertig« betonte, die ihre gesamte Kommunikation ausmachten. In diesem Zusammenhang muss erwähnt werden, dass eine der Anweisungen, die die Vorgesetzten sowohl den Eisenbahnern als auch der Telefonistin erteilt hatten, das entschiedene und berechtigte Verbot beinhaltete, ihr Telefongespräch auszudehnen. Die Unverantwortlichkeit, länger zu reden als nötig und damit die auf einen Vorschlag der Eisenbahnergewerkschaft zurückgehende Sicherheitsmaßnahme zu unterlaufen, konnte zu einem Unfall im verschlungenen Eisenbahnnetz des Landes führen. Dank ihrer deutschen Erziehung und ihres ausgeprägten Pflichtgefühls verstanden sowohl die Eisenbahner als auch die Telefonistin, dass diese Vorschrift keine bloße Willkür war, und befolgten sie deshalb anstandslos.

Nicht ohne das intime Vergnügen, eine reizende Entdeckung gemacht zu haben, die vielleicht - das glaubte wenigstens August - eine verborgene Bedeutung besaß, beobachtete der Neuling, dass »seine« Telefonistin »bereit« und »fertig« gleichrangig gebrauchte, obwohl sie im Laufe der Tage immer öfter »fertig« sagte, woran man ablesen konnte, dass sich der Impuls zum Ungehorsam bei der fremden Frau verstärkte. August wusste nur zu gut, wie unwiderstehlich ein solcher Impuls werden konnte. Nach seinen Berechnungen - Spielereien, mit denen er sich tagelang die Zeit vertrieb - sagte die Telefonistin der Eisenbahngesellschaft auf jedes »Bereit«

viermal »Fertig«, ein Verhältnis, das wie gesagt eine leicht ansteigende Tendenz aufwies.

In Unkenntnis dessen, was seine Kollegen in Darmbrücken, Eisen oder Schwabing taten – obwohl er es gern erfahren hätte –, antwortete August je nachdem, wie er gefragt wurde. Sagte die weibliche Stimme (und wie weiblich sie war, beim Himmel!) »Bereit?«, antwortete er »Bereit«, und sagte sie »Fertig?«, verwendete auch er das gleiche Wort. August erwog, ob es angemessen wäre, dass er ebenfalls ein Synonym für »bereit« oder »fertig« suchte – etwas wie »vorbereitet« oder »in Ordnung« –, das ihm, indem es die Routine seiner kurzen telefonischen Wortwechsel durchbrach, helfen konnte, sich vom Rest der Eisenbahner abzuheben.

Aber nichts davon war notwendig. Es genügte, dass er nicht wie bisher jenes Wort erwiderte, das sie benutzt hatte, um die Telefonistin am anderen Ende der Leitung spürbar zu verwirren. Und wirklich antwortete er an jenem Morgen um genau fünf Uhr fünfundvierzig auf die Frage »Fertig?« mit »Bereit«, was dazu führte, dass die Frau statt wie üblich sofort aufzulegen, noch einige Sekunden, wenn auch schweigend, am Apparat blieb. Was für ein köstliches Schweigen!, erinnerte sich August, der einen Großteil des verbleibenden Tages nicht nur damit verbrachte, dem betreffenden Schweigen nachzulauschen, sondern mit den wildesten Berechnungen seine exakte Dauer zu bestimmen suchte.

So gut gefiel dem jungen Zollinger dieses tele-
fonische Schweigen – unverkennbares Zeichen
der hinreißenden Bestürzung der Frau –, dass
er sich am nächsten Tag viel eher als sonst vor
das Telefon setzte und ungeduldig auf das Klin-
geln wartete. Wie innig konnte August den
abgenutzten grauen Apparat betrachten! Wie
groß war die Hoffnung, die er beim Gedanken
an die Kürze und Banalität des bevorstehenden
Dialogs in seinem Herzen hegte!

Da klingelte das Telefon. Die Frau sagte »Bereit?« anstelle von »Fertig?«, das sie in den letzten Tagen gesagt hatte. In seinem Verlangen,
hervorzustechen und sich vor seinen unbekann-
ten Kollegen – hypothetischen Nebenbuhlern –
auszuzeichnen, antwortete August: »Fertig.« Das
war sein Plan: mit dem der Fragestellung entge-
gengesetzten Wort zu antworten. Und abermals
entstand wie durch Zauberkraft ein Schweigen
am anderen Ende der Leitung. Unmöglich zu
wissen, ob von längerer oder kürzerer Dauer als
das vom Vortag. Aufgeregt wie er war, die zit-
ternde Hand noch am Hörer, erschien Zollinger dieses zweite Schweigen – eine Verheißung
zukünftigen und vielleicht aufschlussreicheren
Schweigens – zunächst kürzer als das des vorangegangenen Anrufs. Dann, nachdem er stun-
denlang immer wieder darüber nachgedacht
hatte, kam er zu der Überzeugung, dass das
zweite Schweigen genau dem ersten entspro-
chen habe – eine Lösung, die den Eisenbahner
tröstete, wenn auch nicht ganz. Warum konnte

nicht schon morgen sein?, fragte sich August, während er von einem Gleis zum anderen hin und her sprang wie ein kleiner Junge.

Wegen dieser und vieler ähnlicher Überlegungen war August kurz davor, an diesem Tag die Weiche nicht zu stellen und einen Unfall zu verursachen. Zum Glück erfuhr niemand von seiner Nachlässigkeit, und auch er selbst, der er so damit beschäftigt war, sich die Stimme der Telefonistin in Erinnerung zu rufen, vergaß das Vorkommnis, kaum dass der Schreck verklungen war.

Zwei Fragen trieben ihn um, eine theoretischer, die andere praktischer Natur. Die theoretische war, wie er so viele Stunden des Nachdenkens auf etwas verwenden konnte, das sich in einigen wenigen Sekunden ereignet hatte, denen, die es braucht, um »Bereit?« und »Fertig« zu sagen, und dann, wie lange das anschließende wunderbare Schweigen in Wahrheit gedauert hatte. Die praktische bestand logischerweise darin, was der nächste Schritt in ihrer Beziehung sein musste, falls man seine kurzen Gespräche mit der Telefonistin denn so nennen konnte.

Es gab jedoch etwas noch angenehmer Schmerzendes als diese Überlegungen: die Sehnsucht nach einem Ton, dem des Zuges. In der Tat, es war dem Zug zu verdanken, den die Gunst des Schicksals durch Rosenwohl - die Station seines Verantwortungsbereichs - lenkte, dass in seinem vom tristen Licht einer

Glühlampe erhellten Wärterhäuschen das graue Telefon klingelte. Dieses alte Telefon in einem schmutzigen und schlecht beleuchteten Wärterhäuschen bildete für August Zollinger die Szenerie seiner Hoffnung. Und so kam es, dass sich das Pfeifen des Zuges, das ihn in früheren Tagen so gequält hatte, in seinen Ohren in etwas verwandelte, das man ohne Weiteres den »Klang der Liebe« nennen konnte, eine Vorahnung herrlicher künftiger Paradiese.

All dies lässt sich in einer viel einfacheren Form ausdrücken: August Zollinger, der erst kürzlich unter Vertrag genommene Bahnangestellte von Rosenwohl, derselbe, der in seiner Jugend der Drucker von Romanshorn hatte werden wollen – ein schon etwas fern gerückter Traum –, war verliebt, hoffnungslos verliebt in eine Stimme.

Um der Wahrheit Genüge zu tun: August Zollinger wusste nichts über die Telefonistin der Eisenbahngesellschaft und sie nichts über ihn. Das musste sogar der verliebte Angestellte einräumen. Inmitten dieses Nichtwissens tröstete es ihn jedoch außerordentlich, dass sie, wenn sie ihn das nächste Mal anrief, und es fehlten nur noch sieben Stunden, nicht mit derselben Haltung telefonieren würde, mit der sie die übrigen Anrufe tätigte. Dessen war er sich so gut wie sicher.

Sein wagemutiger Geist nahm dem Verliebten Zollinger aber nicht die Angst, sich der jungen Frau bei ihrem nächsten Gespräch vorzustellen. Sollte er es jetzt schon tun? War es nicht verfrüht? Wegen der natürlichen Aufregung, die die Verletzung einer Norm mit sich bringt, und vor allem, weil er nicht wusste, wie die Reaktion der Telefonistin ausfallen würde, zitterte die Stimme des Eisenbahners, als er auf die Frage, ob er bereit sei, mit »Bereit. Ich heiße August« antwortete. »Bereit. Ich heiße August«: Konnte das der Beginn einer Liebesgeschichte sein?

Wo auch immer sie sich befand – eine Frage, über die Zollinger pausenlos nachsann –, sie legte augenblicklich auf, ohne jenes Schweigen stehenzulassen, auf das er so sehr gewartet hatte. Dieses jähe Ende bot zweifellos vielen Interpretationen Raum, und August zog sie alle in Betracht.

Mit vor Schlafmangel und Rührung gebrochener Stimme setzte sich der Eisenbahner am nächsten Morgen einem noch größeren Risiko aus. Er sagte nicht nur »Ich heiße August«, sondern nachdem er mitgeteilt hatte, dass er fertig sei, wagte er zu fragen: »Wie heißt du?«. »Wie heißt du?«: Wie viele Liebesgeschichten mochten mit diesen Worten begonnen haben?

Es war an einem zweiundzwanzigsten April, dem nächsten Tag, um fünf Uhr fünfundvierzig früh (wann sollte es sonst sein?), als der wahre und glückliche Beginn dessen stattfand, was man im strengeren Sinn eine Beziehung nennen kann. Als er den Hörer abhob, vernahm

der junge Eisenbahner nicht nur ein »Bereit?«
oder »Fertig?«, sondern etwas unendlich Zarte-
res und Vielversprechenderes: »Ich heiße Magdalena. Bereit?«

Die Ergriffenheit der Telefonistin musste sehr groß sein, denn selbst Zollinger fiel es
schwer, in dem dünnen Stimmchen dieselbe
Frau wiederzuerkennen, mit der er jeden Tag
telefoniert hatte: nur drei Worte, gewiss, aber
schon über hundert Gespräche. Dieser letzte
Umstand machte ihm Mut – viel mehr als der
erste. Allerdings legte sie unverzüglich auf, voller Scham vielleicht ob ihrer ungeheuren Ver-
wegenheit, wodurch sie dem Eisenbahner nicht
einmal Zeit ließ, mit dem erforderlichen Wort
zu antworten – oder mit anderen, originelleren
und liebevolleren Worten, die ihm bestimmt
zur Verfügung gestanden hätten.

Die Beziehung zwischen August und Magdalena entwickelte sich von Tag zu Tag oder, was
dasselbe ist, von Wort zu Wort. Er zum Beispiel
sagte: »Fertig. Ich wurde in Romanshorn geboren«, und: »Fertig. Ich bin achtundzwanzig Jahre alt«, und: »Bereit. Ich möchte Drucker werden.« Dann erzählte er eine Woche lang, wie
er dazu gekommen war, Eisenbahner in Rosenwohl zu werden: »Fertig. Man hat mich aus meinem Dorf verjagt.« »Fertig. Das ist eine lange
Geschichte.« »Fertig. Erst starb Weber.« »Fertig.
Weber war der frühere Weichensteller.«

Vorher hatte August natürlich mit Inbrunst
seine Bewunderung für alles bekundet, was

sie sagte, noch für die banalsten Dinge. Möglicherweise war es Letzteres, das Banale, was ihn am meisten anzog und hoffnungsfroh stimmte. »Bereit. Mir gefällt dein Name.« »Fertig. Ich wusste, dass du vierundzwanzig bist.« »Fertig. Es überrascht mich nicht, dass du blaue Augen hast.«

Und er wagte sogar einige Kühnheiten, die er sich später, von Zweifeln zernagt, auf seinen ausgedehnten Spaziergängen entlang der Eisenbahnstrecke selber vorwarf: »Bereit. Möchtest du, dass wir uns sehen?« (nachträglicher privater Ausruf: »Sie soll Ja sagen, sie soll Ja sagen!«). »Fertig. Warum antwortest du mir nicht?« (Vorwurf: »Verdammt! Das hätte ich nicht sagen sollen!«). »Fertig. Kann ich mit deinem Vater reden?« (Zweifel: »Und wenn er gestorben ist? Wird sie sich nicht bedrängt fühlen?«).

Auch Magdalena lieferte ihm Informationen, wenngleich zurückhaltender und bedächtiger. »Ich heiße Magdalena. Bereit?« Das wiederholte sie zweimal, warum wohl? »Meine sind blau« (sie bezog sich auf ihre Augen). »Fertig?« Bis sie eines Morgens nichts außer ihrem »Fertig?« sagte. Warum dieses Schweigen, wo es doch so viel zu erzählen gab?, marterte August sich. Zum Glück fing sie bald wieder an zu sündigen: »Mein Vater ist Bauer. Bereit?« »Und deiner? Bereit?«

Da sie, um eine Entdeckung ihres Regelverstoßes zu vermeiden, nur wenige Worte sagen konnten und sich gegenseitig abwechseln mussten, damit die jeweiligen Äußerungen – im Rahmen der gegebenen Grenzen – einem Dialog ähnelten, schritt die Liebesgeschichte zwischen August und Magdalena sehr, sehr langsam voran. Anfangs ließ diese Langsamkeit den jungen Zollinger, der mehr denn je von der neuentdeckten Leidenschaft entflammt war, verzweifeln. Doch diese Langsamkeit war, wie er später selbst eingestand, auch viel zu verheißungsvoll und fesselnd, als dass man sie hätte beschleunigen dürfen. Konnten sie immer so fortleben, in ihrem unerbittlichen, stetig wachsenden verbalen Austausch? In der Langsamkeit des Wechselspiels von Wörtern und Gefühlen reifte die Beziehung zwischen den Liebenden so, wie sich alle derartigen Geschichten entwickeln sollten: Sie schmeckten jedes Wort, das so angefüllt war mit Gefühlen, planten jede Frage – stets Anreiz für neue Fragen –, malten sich jede Antwort aus und erträumten sich eine Zukunft, die ihnen unendlich schien. Beide glaubten, dass ihre Gespräche, wenn es ihnen eines Tages gelänge, einander zu sehen, die Kürze und Dringlichkeit der Telefonate beibehalten würden. Weil es gar nicht anders sein konnte, dachten sie, würden ihre Dialoge immer lange Momente des Schweigens aufweisen. Mit solchen Mutmaßungen und Träumereien vergingen die Wochen. Weder August noch Magdalena sollte je wieder so glückliche Tage erleben.

Glückliche Tage? Ja, auch wenn sie regelmäßig von starken Eifersuchtsanfällen getrübt

wurden, die den Verliebten Zollinger heim-
suchten, bis er fast den Verstand verlor. Nach-
denklich wie nie zuvor, fragte August sich un-
ablässig, was Magdalena wohl bei ihren kurzen
Telefongesprächen zu den anderen Eisenbahnern gesagt haben mochte. Wahrscheinlich
hatte sie auch zu seinen Kollegen in Darmbrücken, Eisen und Schwabing »Bereit?« oder
gar »Fertig?« gesagt. Das konnte er verzeihen.
Aber – und dies machte ihm Sorgen – benutzte
sie ihnen gegenüber dieselbe zärtliche und unwiderstehliche Betonung wie bei ihm?

Neben dieser gab es noch eine weitere, nicht
weniger schwerwiegende Frage: Waren auch
sie – verheiratet, alleinstehend, jünger oder äl-
ter ... – in der Einsamkeit ihrer jeweiligen Stell-
werkerhäuschen, die sich von jeder anderen
Einsamkeit unterschied, verliebt? Von seinen
Grübeleien erschöpft, sinnierte August, wie
man sich mitten in der Einsamkeit nicht in
eine Stimme verlieben sollte – was für eine es
auch sein mochte. Mehr noch, war die Einsamkeit nicht die beste Nährlösung für die Liebe,
ja, die einzige?

Und so, in diesem Gemisch aus Eifersucht
und Liebe, befanden sie sich monatelang,
schenkten sich eine Minute am Tag und widmeten den Rest der Arbeitszeit fast ganz dem
Nachdenken darüber, wie sie sich in der neuen
Minute, die man ihnen in einigen Stunden gewähren würde, mehr lieben konnten.

Ein Anruf – was sonst! – riss den jungen Zollinger aus einem Traum, aus dem zu erwachen er nie geglaubt hatte.

»Bereit?«, fragte ihn an jenem Morgen eine männliche Stimme.

So groß waren seine Verwirrung und sein Unbehagen – die Zunge klebte ihm gelähmt am Gaumen –, dass August nicht antwortete.

»Bereit?«, wiederholte die völlig fremde Stimme mit erkennbar ungeduldigem, fast ärgerlichem Unterton.

»Bereit«, antwortete August, und im selben Augenblick fiel ihm der Hörer aus der Hand.

Was war mit Magdalena?, fragte sich der Verliebte im flackernden Licht seines alten Wärterhäuschens, das ihm noch dunkler vorkam als sonst. Warum hatte man sie – sofern das überhaupt möglich war – durch diese unangenehme Männerstimme ersetzt?

Ein paar Stunden später erhielt August Zollinger die brutale Antwort auf seine Fragen. Ungläubig und verzweifelt las er die schreckliche Nachricht in einer Lokalzeitung: Auf dem Weg zu ihrer Arbeit war die junge Telefonistin der Eisenbahngesellschaft, Magdalena Forsch – mit Nachnamen hieß sie also Forsch, dachte August –, vom Nachtexpress der Strecke Prag-Wien überfahren und getötet worden.

III MÄRSCHE

Neben der verbreiteten und in jeder Hinsicht schlimmen Neigung zum Alkohol war das Erste, was dem Soldaten Zollinger am dritten Kavalleriebataillon auffiel, dass weder die Truppe noch die Offiziere Pferde besaßen, das Zweite, dass alle jeden Tag pausenlos marschierten, ohne dass irgendwer das Ziel oder den Grund dafür gekannt hätte. Aus beiden Beobachtungen, die sich während seiner Dienstzeit bestätigten, leitete August ab, dass es in der österreichischen Armee möglicherweise die Infanteristen waren, die das Privileg genossen, sich reitend durch die Gegend zu bewegen.

Außer an Sonn- und Feiertagen – die die Soldaten seit Gründung des Regiments nutzten, um die nächstgelegenen Orte aufzusuchen, in denen sie sich betranken und mit Alkoholvorräten eindeckten – mussten an den übrigen, gnadenlos aufeinanderfolgenden Tagen alle marschieren. Ja, sobald er in die Armee eingetreten war – ein Schritt, den August als den besten Ausweg aus seiner Situation angesehen hatte –, übergab man dem neuen Rekruten

Uniform, Stiefel und Gewehr und wies ihn an, mit seiner Einheit zu gehen. Und wahrhaftig hatte August Zollinger seit seiner Anwerbung nichts anderes getan.

Da die militärische Formation der Kompanien strikt nach Körpergröße gebildet wurde, wollte es das Schicksal, dass der Soldat Zollinger neben dem Schweizer Francis Walser marschierte – der wegen seines furchtbaren Stotterns noch zurückhaltender war als er selbst – sowie neben einem Ferdinand Klopstock, der nur einen Zentimeter größer war und mit dem er sich gut verstehen sollte.

»Wohin gehen wir?«, fragte Zollinger seinen Nebenmann Ferdinand bei einer Rast, während dieser sich schnaufend den Schweiß abwischte.

Weder Klopstock noch irgendjemand sonst antwortete ihm in diesem Moment, und sie taten es auch später nicht. Und das nicht nur, weil sie die Antwort nicht wussten, sondern weil, wie August bald merkte, viele dieser Männer – vielleicht alle – sich die Frage gar nicht stellten. Mit Ausnahme der sonntäglichen, der Zerstreuung dienenden Ruhe musste man als Soldat in Österreich nichts weiter können als laufen, hintereinander im Gänsemarsch oder nebeneinander in Doppelreihe oder, wenn die Straße breit genug war, kompanieweise in der typischen Bataillonsaufstellung.

Nachdem er einen Monat lang von Montag bis Samstag sieben, acht oder sogar neun

Stunden marschiert war, durch Täler und Berge, über idyllische Wiesen, auf denen man sich nach dem Erklimmen von Gipfeln und dem Durchwaten von Flüssen gern ausgestreckt und erholt hätte, durch den Staub des Sommers – die Jahreszeit, in der sie sich befanden – und durch ohrenbetäubende Hitzegewitter, während derer die Märsche weniger unterbrochen als verschärft wurden, hörte auch Zollinger auf, sich diese Frage zu stellen. Nicht dass ihn das Ziel der lästigen Wanderungen – lästig vor allem, weil man sie schweigend und mit dem Gewehr über der Schulter absolvieren musste – nicht länger interessiert hätte. Nein, er erinnerte sich einfach nicht mehr daran, dass ihn diese Angelegenheit einmal beschäftigt hatte.

Auch wenn Zollinger in dieser Zeit sowohl das Interesse an der Strecke als auch am Grund der ständigen Ortswechsel verlor, ließ sich jetzt doch zumindest seine erste Frage beantworten: In der betreffenden Phase durchquerte das dritte Kavalleriebataillon das Land ohne Pause ein ums andere Mal von Osten nach Westen und von Norden nach Süden. Wenn wir uns an den acht Stunden festhalten, die sie August zufolge im Durchschnitt pro Tag marschierten – eine kaum glaubhafte Information –, und berücksichtigen, dass die Fläche Österreichs dreiundachtzigtausendachthundertachtundsiebzig Quadratkilometer beträgt (fünfhundertfünfundzwanzig Kilometer von Osten nach Westen und an den breitesten Stellen genau dreihundert von Norden nach Süden), müssen wir davon ausgehen, dass das dritte Bataillon in den achtzehn Monaten, die August Zollinger in der Armee diente, die Republik etwa neun Mal durchquerte, ohne dass August die Gegend auch nur ein einziges Mal bekannt vorgekommen wäre. Diese Berechnungen wirken in jedem Fall übertrieben. Wahrscheinlich war der Rhythmus der Märsche zwar beträchtlich, aber nicht ganz so intensiv, wie der ehemalige Eisenbahner behauptete.

Dank der Freundlichkeit seiner Kameraden erinnerte sich der einsame August in den achtzehn Monaten als Soldat nicht oft an die Schmach, die ihm die Staufers – Vater und Sohn – in jener unheilvollen Nacht zugefügt hatten, in der er aus Angst vor der drohenden Gefahr sein Heimatdorf verlassen musste. Er dachte auch nicht allzuviel an seine geliebte Druckerei mit den hohen Decken, zu der er eines Tages zurückzukehren hoffte, und schwelgte nicht einmal in Erinnerungen an die Wälder von Romanshorn, in die er sich in seinen melancholischen Jugendjahren mit krankhafter Regelmäßigkeit geflüchtet hatte. Keine der Gegenden, die er mit der Truppe durchquerte, ähnelte auch nur entfernt – meinte der Soldat Zollinger – jener, in der er aufgewachsen war und in die er sich, weil sie für ihn die schönste war, bisweilen in der Phantasie zurückzog.

An wen August aber täglich dachte, das war Magdalena, die Telefonistin, oder, um genau zu sein, an die Stimme der Frau, die er nie gesehen hatte. Er erinnerte sich vor allem an das »Bereit?« oder »Fertig?«, das sie ihm jeden Morgen geschenkt hatte. Bereit? Nein, er war für den Abschied von ihr nicht bereit gewesen. Wie auch sie nicht bereit gewesen war zu gehen.

Schmerzlich erinnerte August sich an ihr »Ich heiße Magdalena«, das sie eines Tages mit einer dünnen, fremdartigen Stimme in den Hörer gemurmelt hatte. Auf vielen Abschnitten jener absurden Märsche war eben das die Musik, die in seinem Herzen eines Verliebten erklang: »Ich heiße Magdalena«, »Ich heiße Magdalena«, »Ich heiße Magdalena« ... Wie oft mochte er diese drei Wörter wiederholen, die sich für ihn insgeheim in ein Gebet verwandelt hatten?

Der Gedanke an Magdalena war also allgegenwärtig, und er manifestierte sich in den überraschendsten Momenten: Am Morgen beim Öffnen der Augen – wie ein Leuchten –, beim Hinunterbeugen, um die Schnürsenkel der Stiefel zu binden – als entspränge er direkt aus seinem gebückten Körper –, oder wenn ihm der Wind ins Gesicht peitschte – als würde das unbekannte Bild seiner Geliebten jede Partikel der Atmosphäre erfüllen. Unter all den Dingen, die Zollinger, begründet oder nicht, an seine Geliebte erinnerten, gab es etwas, das ihm, mehr als alles andere, Magdalena unausweichlich und schmerzhaft ins Gedächtnis rief: das Pfeifen des Zuges.

Die natürliche Führungsrolle innerhalb der Truppe – die viel wichtiger war als der militärische Rang – rührte im dritten Kavalleriebataillon der glanzvollen österreichischen Armee eher von der Trinkfestigkeit her als von physischer Kraft, einem sympathischen Charakter, dem Geschick bei Zauberkunststücken – die die Soldaten sehr liebten – oder, natürlich, dem Denkvermögen, das kaum geschätzt wurde. August begriff rasch, dass von der Zeit, die er nach dem Konsum eines Liters Becherovka – eines tschechischen Kräuterschnapses – durchhielt, ohne umzufallen und, wenn möglich, ohne zu schwanken, nicht allein die Anerkennung und der Respekt seines Regiments abhingen, sondern dessen Unterstützung und bedingungslose Freundschaft.

Nachdem er der Runde tapfer zugeprostet hatte, hob August den Arm und begann, von den anfeuernden Hochrufen seiner Gefährten begleitet, zu trinken, bis die Flasche zur Hälfte geleert war. Obwohl er keine eigenen Erfahrungen in dieser Hinsicht besaß, wusste er doch, dass Alkohol den Kummer ertränkt, und der entsetzliche Tod der Telefonistin der Eisenbahngesellschaft war noch viel zu nah, als dass er die Hilfe, die ihm die Flasche versprach, ausgeschlagen hätte. Während er mit gewaltsam nach hinten gelegtem Kopf trank, dachte August wieder an das, was sie bei ihrem letzten Gespräch zu ihm gesagt hatte: »Mir gefällt dein Name.« So hatte ihre Geschichte begonnen, mit einem Namen: »Ich heiße Magdalena.« Einen Namen mitzuteilen ist schon etwas Wichtiges, dachte Zollinger, der nach dem tragischen Verlust seiner Liebe sichtlich gezeichnet war.

Die erste Heldentat, die darin bestand, fast die halbe Flasche Becherovka in einem Zug auszutrinken, überraschte seine Kameraden positiv. Sowohl wegen Augusts Körperbau, der eher schmächtig war, als auch wegen seiner seltsam vornehmen Manieren hatten sie gedacht, dass sie auf Kosten des neuen Rekruten ihren Spaß haben würden. Aber es kam anders. In dem Maß, wie August weitertrank, nahm das Schweigen unter den Anwesenden zu. Ein Schweigen, das erst gebrochen wurde, als der gealterte Zollinger um eine zweite Flasche bat.

»Eine zweite Flasche?«, fragten sie ihn.

»Eine zweite Flasche!«, murmelte bewundernd die Truppe.

Bis zu seiner Einschreibung wenige Tage nach Magdalenas tödlichem Unfall war es mehreren im dritten Bataillon gelungen, bei dem Ritual, dem August sich gerade unterwarf, einen ganzen Liter hochprozentigen Alkohols zu trinken, in der Regel den berühmten süßen Becherovka, der die Probe durch seinen ekelhaften, dem Anis ähnelnden Geschmack noch härter machte. Nur der, den sie Saphir nannten, ein Mann mit dichtem schwarzen Schnauzbart, und Efraim Eyck, »der Holländer«, hatten bei ihren Prüfungen eine zweite Flasche verlangt, obwohl keiner von ihnen sie geschafft hatte. Von beiden war es der aus Ungarn stammende Saphir, dem es gelungen war, die größere Menge zu schlucken: Wegen der sprichwörtlichen ungarischen Traurigkeit, sagte man, sei der Brauch des Trinkens in seinem Land stärker verwurzelt.

Von dem Moment an, da August nach der zweiten Flasche gefragt hatte, kamen viele der Soldaten, die bis dahin lieber ausgeruht oder Karten gespielt hatten, um ihre Streitigkeiten beizulegen und sich ein paar Münzen zu verdienen, von der Neugier angestachelt näher. Eines Rituals überdrüssig, das sich mit jedem neuen Rekruten wiederholte, waren sie überzeugt, dass Zollinger von einem Augenblick zum nächsten bewusstlos umkippen und so das Gelächter und die Witze des Publikums auf sich ziehen würde. Früher oder später waren alle zusammengebrochen: Karl Ramuz, der Imker, zum Beispiel kippte ganz allmählich, mit grotesker Langsamkeit, vornüber. Den jüngsten der Ohnets, Christopher, konnte man nicht von der Flasche trennen, denn er hielt ihren Hals mit einer nicht zum Rausch passenden Entschlossenheit und Festigkeit umklammert. Peter Arx wiederum, noch vom kürzlichen Tod seiner Mutter bedrückt, fing nach dem ersten Schluck an zu lachen: das feuchte Lachen, matt und speichelhaltig, wie es für Betrunkene typisch ist. Georg Thaler, der sich gerühmt hatte, Unmengen von Wodka zu vertragen, weinte schon, bevor die Flasche halb leer war: herzzerreißende Schluchzer, die ihm den Spott der ganzen Schwadron eintrugen. Hermann Seume – noch eine Anekdote – begann nach wenigen Minuten lauthals zu singen, eine Angewohnheit, die, wie man weiß, bei Leuten, die dem Alkohol zuneigen, sehr verbreitet ist.

Hermann Seumes Lieder prägten sich der Truppe für immer ein. Aus dem Inhalt der Texte, die durchgängig religiösen Charakters waren, schloss das Bataillon nicht ohne Grund, dass Hermann Seume ein Priesterseminar besucht hatte, bevor er Soldat geworden war, eine Vergangenheit, über die Hermann weder nüchtern noch betrunken gerne sprach. Andererseits sang der Soldat Seume außerordentlich gut, wie ein richtiger Berufssänger, weshalb alle in der Einheit wollten, dass er sich betrank, denn ohne die Wirkung des Alkohols weigerte sich Hermann strikt, überhaupt irgendein Lied anzustimmen.

Jeder Soldat des Bataillons erinnerte sich also an die spektakulärsten Besäufnisse, an die, über die am meisten geredet wurde, und natürlich, wenn auch nur vom Hörensagen, an das eigene. Was an August Zollingers Besäufnis – falls man das von ihm gebotene Schauspiel denn so nennen konnte – die Aufmerksamkeit erregte, war, dass er nach dem ersten Liter Becherovka – ein Getränk, das er, wie er später bekannte, noch nie probiert hatte – weder lachte noch weinte oder sang und auch nicht dauernd wehleidig nach seiner Mama rief, wie es viele taten und so den Beifall der anderen ernteten. Darum ging es: Alle Anwesenden warteten auf den Moment, da von den Lippen des Neulings der Ruf »Mama!« ertönte.

Zur Enttäuschung des Publikums schwankte August nicht und fiel erst recht nicht um. So tief war seine Trauer über Magdalenas Verlust, dass sie nicht einmal der Alkohol auszulöschen vermochte. Nein, als könnte ihn nichts und niemand zum Nachgeben bringen, hielt er sich aufrecht, seltsam würdig und feierlich. Zwischen den einzelnen Schlucken blickte er gelassen in die Runde, denn er trank – das ja – immer vorsichtiger. Bis auf das eine Mal, als er den Namen seiner Geliebten – Magdalena – aussprach, ohne dass ihn irgendjemand verstanden hätte – vielleicht war er sich selbst dessen nicht bewusst –, gab Zollinger während der Prüfung kein einziges Wort von sich. »Gut«, antwortete er nur ruhig, wenn er alle paar Minuten gefragt wurde, wie es ihm gehe. Es stimmte, dass ihm die Kehle brannte, weshalb er zwischen den Schlucken, immer kleineren in immer größeren Abständen, versuchte, mit der Zunge das Brennen an Zahnfleisch und Gaumen zu lindern. Diese Bewegung: die der Zunge, die nach etwas Feuchtigkeit und Kühle suchte, weckte bei einigen Gelächter. Doch die Mehrheit verharrte in andächtigem, respektvollem Schweigen, von der Widerstandskraft dieses Menschen beeindruckt, der, alle Anwesenden übertreffend – sogar den erwähnten Saphir, der das Ende seiner Herrschaft ritterlich akzeptierte –, die zweite Flasche austrank und sogar eine dritte bestellte.

Man brachte ihm die dritte Flasche, und vor den Augen seiner Kameraden – alle waren da – entkorkte August sie, ohne mit der Wimper zu zucken.

»Trink nicht weiter!«, rief einer seiner Gefährten erschrocken.

Es war Klopstock. August sah ihn freundlich an, hob aber trotzdem die Flasche an die Lippen und benetzte sie leicht. Kurz danach brach er die Zeremonie ab und setzte sich zu seinen verblüfften Kameraden auf einen Stein. Und so begann das, was später »die Legende vom traurigen Trinker« heißen sollte.

Von dieser Demonstration – deren physische Folge ein unübersehbares Pochen an der Schläfe war – blieb Zollinger nicht nur, wie bereits gesagt, der Respekt und die Bewunderung aller, sondern die offenherzigste Kameradschaft und die hingebungsvollste Freundschaft. Wie es gegenüber den besten Trinkern üblich war, gab es mehrere Gefährten, die ihm nach seiner Großtat zu Diensten sein wollten, indem sie sich standig anboten, seinen Rucksack und sein Gewehr zu tragen, ein Privileg, das der Sieger seit Gründung des dritten Kavalleriebataillons einklagen konnte, bei wem es ihm gefiel. Ohne bis zu solchen Extremen der Unterwürfigkeit zu gehen, wollten ein guter Teil der Soldaten und auch die Gefreiten und andere Vorgesetzte

47

sich zu seinen Lieblingen zählen und bemüh-
ten sich, immer in der Nähe des neuen Anführers zu sein.

Obwohl er für die Zuneigung seiner Gefährten dankbar war – die großzügiger und spon-
taner war als die, die seine Vorgänger erhalten
hatten –, konnte nichts davon die Wunde des
Verliebten heilen, der in dieser Zeit melancho-
lischer und trübsinniger war als je zuvor. Alle
wollten wissen, warum der Soldat Zollinger so
war, so melancholisch, so trübsinnig, wollten,
dass er ihnen die leidvolle Geschichte erzählte,
die er in einer Vergangenheit erlebt hatte, die
umso sagenumwobener war, je weniger er über
sie sprach. Wenn er nicht dabei war, gab es viele, die untereinander darüber redeten, wie groß
das Unglück sein musste, das diesem Mann wi-
derfahren war, damit der Alkohol es nicht einmal zeitweilig auslöschen konnte. Aber er erzählte ihnen nie die Wahrheit. Und auch keine
Lüge. Wie sollte er diesen Menschen, die sein
Herz schon zu mögen begann, erklären, dass seine Traurigkeit vom Tod einer Frau herrührte,
die er nie gesehen hatte? Wie sollte er der Welt
erzählen, dass er eine Stimme geliebt hatte?

Als besonders schmerzlich für seine Kameraden erwies sich Augusts tiefe Melancholie
wegen der Musik, der man eine übertriebene
Bedeutung beimaß, mit Sicherheit eine größere als die, die sie in anderen europäischen
Armeen haben mochte, und in diesem dritten

Bataillon auch noch mehr als in den übrigen Bataillonen und Kompanien der österreichischen Armee, die in der ganzen Welt für ihre Musikalität berühmt war. So hoch waren der Stellenwert und das Ansehen der Musik in der Truppe, dass die Fähigkeit zum Singen, neben der Trinkfestigkeit, von den Soldaten außerordentlich geschätzt wurde.

Aus den genannten Gründen dauerten die musikalischen Proben meistens lange (zwei oder drei Stunden), und obwohl sie regelmäßig stattfanden (einmal pro Woche), war es nicht ungewöhnlich, dass der Chorleiter eine zweite oder sogar eine dritte Probe ansetzte, wenn die Umstände es erforderten. Niemand wagte je, die Meinungen und Anweisungen dieses Leiters infrage zu stellen, den man wegen der Tragweite seiner Mission von anderen, prosaischeren Aufgaben entbunden hatte.

Wie August – den die Sache amüsierte – feststellte, gingen die Soldaten freiwillig und gern zu diesen Proben, wussten sie doch, dass die künstlerische Betätigung nicht nur gut oder nützlich, sondern unverzichtbar war, sowohl für Ehre und Ruf der Armee als auch für die Aufrechterhaltung einer positiven Stimmung in der Truppe. In dem Sinne spiegelte die Art der gesungenen Lieder (das Repertoire war sehr abwechslungsreich und trug nicht immer militärischen Charakter) ebenso wie die Qualität und Harmonie der Stimmen erstaunlich genau den allgemeinen Gemütszustand wider. Mit anderen Worten: Sang sie schlecht, hieß das, die Truppe war unzufrieden. Oder besorgt. Der Chorleiter betonte immer wieder, wie entscheidend der Enthusiasmus – oder wenigstens das Wohlbefinden – war, damit die Lieder so klangen, wie sie sollten. Aus allen diesen Gründen kamen die Soldaten stets pünktlich und voll innerer Bereitschaft zu den angesetzten Proben, sogar eher als vereinbart, und ermahnten jene, die den Ton nicht trafen oder sich dem Gesang nicht mit ausreichender Inbrunst und Ernsthaftigkeit widmeten.

Angesichts der militärischen Prägung der Mehrheit der Gesänge war es üblich, dass die Sänger sich zu Chören formierten, entweder alle gemeinsam oder in kleinen Gruppen, zwischen denen nicht wenige Rivalitäten existierten. Doch es gab auch Hymnen, die der Partitur nach einen Solisten verlangten. Die wichtigsten Solisten des dritten Bataillons waren die Soldaten Dornach und Schlatter, deren Verhältnis wegen der ähnlichen Färbung ihrer Stimmen, aber auch wegen einer Prügelei, die sie sich einige Monate zuvor geliefert hatten, ziemlich angespannt war. Das Schicksal hatte es gewollt, dass es sehr schwierig war zu unterscheiden, wann Dornach und wann Schlatter sang, und das obwohl beide, über diese Ähnlichkeit verärgert, versuchten, sich voneinander abzusetzen und so unterschiedlich wie möglich zu singen. Vergebens. Der Unterschied war nur während der ersten Takte erkennbar. Denn bald vergaßen sie den Vorsatz und kehrten zu ihrer ursprünglichen Klangfarbe zurück. Aber damit nicht genug: Wenn sie zusammen sangen – wozu der Leiter sie bisweilen verpflichtete –, fügten die beiden Stimmen sich so erstaunlich, dass sie eine zu sein schienen, und riefen auf diese Weise den Eindruck hervor, es sänge nur eine einzige Person, allerdings mit außerordentlicher Kraft. Eine Entdeckung, die den Chorleiter natürlich begeisterte.

Schlatter und Dornach sangen nie abends, wenn die Soldaten sich gern um das wärmende Lagerfeuer versammelten. Unter den Sternen stimmte die Truppe ihre Lieblingslieder an, aber sie tat es auch auf den Märschen, um sich zu zerstreuen und die Müdigkeit zu vertreiben. Ein Reisender, der zufällig in der Nähe vorbeigekommen wäre und alle diese Männer mit so viel Gefühl hätte singen hören, hätte zweifellos gedacht, dass die Melodie, die dort aus dem Wald drang, nur einem grandiosen Himmelschor entstammen konnte.

Wochen nach seinem Eintritt ins Bataillon hatte August sich noch immer nicht dem Chor angeschlossen. Er sang auch nicht mit seinen Gefährten am abendlichen Lagerfeuer, sondern beschränkte sich darauf, sich unter einen Baum zu setzen und mit einem Zweig auf dem Boden herumzukritzeln. Er konnte sich der Gruppe nicht – ohne sein Herz zu verraten – in ihren Liedern anschließen, wie es sein Wunsch gewesen wäre. Wegen dieser Verschlossenheit, die er anscheinend nicht abzulegen vermochte, gab es einige - wenige in Wahrheit -, die ihn mit Ablehnung und Missgunst betrachteten.

»Ein Mann, der nicht singt!«, sagten sie und schüttelten zum Zeichen der Sorge und des Tadels den Kopf.

Doch alle Vorbehalte lösten sich auf, als August anfing, zu den unzähligen Proben zu erscheinen, wenn auch nur als Zuhörer. Der endgültige Umschwung kam dann in jener Abendrunde, in der mehrere Anwesende den traurigen Trinker ganz leise mitsummen hörten. Einer meinte - und das war für alle entscheidend -, er habe den Ton genau getroffen - ein sicheres Indiz für ein gutes Gehör. Viele stießen sich mit den Ellenbogen an und nickten sich lächelnd und schweigend zu wie Verschwörer: Es war offenkundig, dass dieser Soldat letztlich einer von ihnen war.

Im Gegensatz zu dem, was mit seinen Vorgängern geschehen war, nahm das auf seine einzigartige Beliebtheit gestützte Ansehen August Zollingers beim dritten Kavalleriebataillon im Laufe der Wochen noch zu. Und nicht mehr nur, weil er schließlich, wenn auch stets sehr leise, mit den anderen sang oder weil er eine größere Menge Becherovka getrunken hatte als jeder seiner Kameraden, sondern wegen der Trauer und Niedergeschlagenheit, die sich mit grausamer Deutlichkeit stets, aber vor allem, wenn er trank, auf seinem Gesicht abzeichnete.

Wenn sich seine erstaunliche Fähigkeit, Alkohol zu trinken, schnell in der gesamten österreichischen Armee – und nicht mehr nur im dritten Bataillon – herumsprach, verbreitete sich seine tiefe Traurigkeit, der Schlüssel zum Verständnis der Wirkungslosigkeit des Alkohols in seinem Körper, noch viel mehr. Das zumindest war die Interpretation, die Zollinger selbst anbot, wenn er zu dem Thema befragt wurde.

»Ich bin einfach zu traurig«, antwortete der traurige Trinker, ein Titel, den er mit echter Würde trug und von dem man ihn schwerlich befreien konnte.

Oder manchmal lakonisch:

»Es fällt mir nicht leicht zu vergessen.«

Doch mehr als Mitleid löste seine Traurigkeit Vorsicht und Ehrfurcht aus, weshalb nach diesen kurzen Gesprächen niemand wagte, ihm weitere Fragen zu stellen, damit der unermessliche Abgrund seines Leids nicht noch tiefer wurde. Ja, alle im Bataillon achteten den unübersehbaren Kummer ihres Anführers, selbst die Leichtsinnigsten und Lautesten. Vor August redete man mit gedämpfter Stimme, für den Fall, dass der Krach ihn störte. Man schlug die Augen nieder, denn nur wenige waren der Nostalgie in seinem Blick gewachsen. Man redete über ihn – und da gab es kaum Ausnahmen – mit dem Respekt, den man älteren Menschen entgegenbringt, und mit der Bewunderung, die das Schweigen derer hervorruft, die vom Leid geprüft wurden.

Aber nicht alles war Vorsicht und Ehrfurcht. Ferdinand Klopstock zum Beispiel – der Kamerad, der August am Tag seiner Initiation schüchtern geraten hatte, nach der zweiten Flasche nicht weiterzutrinken – gewöhnte sich an, ihm die Hand auf die Schulter zu legen oder ihn durch Späße aufzuheitern, was einige am Anfang verwerflich fanden. Auf den langen, ermüdenden Märschen ging der Soldat Klopstock an Zollingers Seite und unterhielt sich mit ihm, um seine Seelenqual zu lindern. Kraft der privilegierten Stellung, die man dem besten Trinker sowie dem, der neben ihm lief, zugestand, durften August und Ferdinand während des Marsches reden. Im Gegensatz dazu musste das übrige Bataillon schweigend gehen und dabei einem Gespräch lauschen, das sich mehrheitlich auf Klopstocks nervtötenden Monolog beschränkte und nur selten von den einsilbigen Bemerkungen seines Kameraden unterbrochen wurde. In Unkenntnis von dessen gescheitertem Wunsch, der Drucker von Romanshorn zu werden – und nicht von irgendeinem anderen Ort, wie August später klarstellte –, erzählte Ferdinand Klopstock seinem neuen Freund die lustigsten Geschichten aus seiner eigenen Kindheit im wohlhabenden Bezirk Wienachtel, ausgerechnet in einer halbverlassenen Druckerei, die sein Vater unbedingt erhalten wollte.

»Verkauf sie nie«, sagte August zu Ferdinand, ohne dass dieser den Grund des Kommentars verstehen konnte.

Die Freundschaft zwischen Ferdinand und August hellte nicht nur das Gemüt des Letzteren auf, indem sie ihn heiterer und seinem Schicksal gegenüber versöhnlicher stimmte, sondern nützte dem ganzen Bataillon. Und tatsächlich, während es in den ersten Tagen einige gab, die kritisierten, dass die beiden Freunde, sei es mit Ferdinands Hand auf Augusts Schulter, sei es – und das erstaunte noch mehr – mit Augusts Hand auf Ferdinands Schulter liefen, traten diese anfänglichen Vorbehalte schließlich in den Hintergrund, so weit, dass das Beispiel bald um sich griff.

Ja, die Schmiede Bruno Eisoldt und Otto von Bloesch, in deren Bündnis ihre frühere berufliche Kommanditgesellschaft durchschimmerte, waren die Ersten, die, Zollinger und seinen Vertrauten Klopstock nachahmend, in derselben Weise zu marschieren begannen. Es war Bruno, der den ersten Schritt machte und die Hand auf Ottos Schulter legte, doch Otto reagierte sofort entsprechend, und sie wechselten einander in dieser Bekundung gegenseitiger Zuneigung nicht nur ab, sondern gingen in gleichzeitiger Umarmung wie gute Freunde. Noch immer gab es irgendeinen Dummkopf, der über sie lachte, gewiss, aber er verstummte, als Büchner und Greif, deren sexuelle Präferenz über jeden Zweifel erhaben war, anfingen, ebenfalls in dieser Art zu gehen. Dem Beispiel ihrer Vordermänner folgend, übernahmen viele andere – tatsächlich fast alle und in der Regel

55

gern – die Praxis des verbundenen Marschierens. So hatte sich das dritte Kavalleriebataillon der österreichischen Armee nur zwei Monate nach der Rekrutierung des Soldaten Zollinger radikal verwandelt. Zwischen den Soldaten herrschte Eintracht und fraglos eine wohltuende und beneidenswerte Meinungsfreiheit.

»Es ist seltsam«, sagte Ferdinand später, »wie die Traurigkeit eines Menschen sich vorteilhaft auf seine Kameraden auswirken kann.«

An dem Abend, an dem der einstige Eisenbahner am wärmenden Feuer zum ersten Mal ein Lied von eindeutig kriegerischer Färbung sang, glaubten alle, dass seine unergründliche Niedergeschlagenheit, woher auch immer sie rührte, zu weichen beginne. Nichts falscher als das. In ebenjener Woche geschah, was niemand erwartet hatte: August Zollinger, der unbestrittene Anführer des dritten Kavalleriebataillons, verschwand ohne jede Erklärung aus seiner Einheit.

Von der österreichischen Armee der Fahnenflucht beschuldigt, wurde der Soldat Zollinger monatelang erfolglos im ganzen Land gesucht, besonders im Wald von St. Heiden, wo sich seine Spur verlor. Viel später erfuhr man, dass er sich nur von Ferdinand Klopstock, seinem besten Freund, verabschiedet hatte: eine kräftige Umarmung, schwer zu deuten; schwielige Hände, die herzlich den Rücken des anderen drückten; ein Lächeln, vom Schmerz der Trennung zur Grimasse verzerrt.

Als Klopstock meinte, dass sein Freund außer Gefahr sei, erläuterte er den engsten Vertrauten das wenige, das August ihm vor dem
Abschied gesagt und das er, ein einfacher
Mann, nur mit Mühe verstanden hatte. Es war
keineswegs so, dass Zollinger sich in der Ge-
meinschaft des Bataillons nicht wohlgefühlt
oder sich von denen abgewandt hätte, mit denen er so viele Kilometer gelaufen war und die
ihm so großmütig eine Vorzugsbehandlung ge-
währt hatten. Nein, darum ging es nicht, sondern ... – an dieser Stelle legte Klopstock eine
Pause ein – ... um eine Liebesgeschichte. Seine Zuhörer rückten noch näher an ihn heran,
begierig, das Geheimnis der sagenumwobenen
Melancholie ihres ehemaligen Anführers zu erfahren.

Sowohl wegen der Ausdehnung des österreichischen Eisenbahnnetzes als auch wegen
der Begrenztheit des nationalen Territoriums
gab es eine Vielzahl von Ortschaften, in denen man, wenn man sie auf jenen endlosen
Märschen passierte, das Signal eines Zuges vernahm. Wie weit er sich auch von Rosenwohl
entfernte – und das war letztlich der Grund,
warum er seinen Eisenbahnervertrag aufgekün-
digt hatte und in die Armee eingetreten war –,
konnte August doch nicht aufhören, an seine
geliebte Telefonistin zu denken. Diese unauslöschlich mit dem Pfeifen der Eisenbahn ver-
bundene Erinnerung verblasste mit der Zeit weniger, als dass sie intensiver wurde. Würde es

ihm je gelingen – klagte August, stets in seine Gedanken versunken –, diese Stimme zu vergessen? Konnte er den Traum von seiner Druckerei wieder zum Leben erwecken, ohne dass die Wörter »fertig« und »bereit« mit dem entfesselten Tempo einer Lokomotive durch sein Gehirn hämmerten?

Es war im Wald von St. Heiden, genau an seinem dreißigsten Geburtstag – den er ganz allein beging –, als der traurige Trinker bemerkte, dass er weder am vorhergehenden noch an diesem Tag, und es wurde bereits Nacht, das unverwechselbare Geräusch der Eisenbahn gehört hatte: jenen Ton, der ihn in den zurückliegenden Monaten täglich, ob er nun schlief oder wachte, an seine arme Magdalena hatte denken lassen. Angesichts der überwältigenden Schönheit der Gegend und von einem Mut beflügelt, den er bald wieder zu verlieren fürchtete, beschloss August, kaum hatte er herausgefunden, dass der Wald von St. Heiden tatsächlich abseits aller Eisenbahnstrecken lag, das Soldatenleben, dem er die letzten achtzehn Monate gewidmet hatte, aufzugeben.

Der Einzige, dem er davon erzählte, war Ferdinand, der ihn aber nicht von seinem Plan abbringen konnte. In Wahrheit hätte das niemand vermocht, so groß war die Kraft, mit der der Wald ihn rief. Da also geschah es, dass die Freunde einander umarmten und sich voneinander trennten, ohne zu wissen, wann und wie sie sich wiederbegegnen würden. Sie klopften sich mit Tränen in den Augen gegenseitig auf den Rücken und sprachen die letzten Worte zum anderen:

»Danke.«

»Du musst dich nicht bedanken.«

»Du hast mich sehr glücklich gemacht.«

»Ich werde dich nicht vergessen.«

Während er in den dunklen Wald von St. Heiden mit seinem vielgerühmten, dichten Pflanzenwuchs vordrang, vermisste August Zollinger Ferdinand Klopstocks Hand auf seiner Schulter. Es ging sich besser, wenn diese Hand dort lag. Er fühlte sich sehr einsam so ganz ohne Freund. Jetzt, da er die Freundschaft kennengelernt hatte, begriff er, würde es für ihn einen neuen Grund zum Leiden geben.

IV   ST. HEIDEN

Um sich so weit wie möglich vom dritten Kavalleriebataillon zu entfernen und zu verhindern, dass die Behörden ihm gleich nach der Entdeckung seiner Fahnenflucht auf die Spur kamen, marschierte der Soldat Zollinger die ganze Nacht zügig voran und drang immer tiefer in den großen, unheimlichen Wald von St. Heiden ein, der für seine Dunkelheit und Gefährlichkeit bekannt war. In dem Maße, wie er die warmherzige Erinnerung an seinen Freund hinter sich ließ, fühlte August sich regelrecht wohl: stark wie eine Eiche, die Brust geschwellt von der Unabhängigkeit, die er mit jedem Schritt wiedergewann, und zufrieden, auf eine Einsamkeit zuzusteuern, die er nach den vielen Monaten in der Gesellschaft der Truppe mehr denn je zu brauchen meinte.

Keinen Augenblick dachte August, der immer noch mit Militärrucksack und Uniform ausgerüstet war – das Gewehr hatte er Klopstock gegeben –, an die sagenhaften Gefahren, die den kalten Wald von St. Heiden mit einer geheimnisvollen Aura umgaben. Ja, viele Wanderer und Reisende – darunter geübte – hatten sich in diesem Gebiet verirrt, Leute, von denen man – selbst nach einer Rettungsaktion – nie wieder gehört hatte. Wie August in den ersten Stunden seines Marsches feststellen konnte, war die Legende vom dichten Laubwerk der Bäume in St. Heiden kein reines Phantasiegebilde, denn er stieß auf Abschnitte, die sich als gänzlich undurchdringlich erwiesen. Es handelte sich nicht um einfaches Blätterdickicht oder um ein Gestrüpp aus Zweigen, das ein scharfer Säbel hätte zerteilen können wie in den Wäldern von Laarketten oder von Otta-Penzing, durch die er vor einigen Wochen gekommen war. Das mythische Dickicht von St. Heiden beruhte auf der außergewöhnlichen Nähe der Bäume zueinander und vor allem auf ihrer enormen Höhe, mit der sie den Anblick des Himmels verdeckten, was dazu führte, dass es große Bereiche gab, in denen auch bei Tage Nacht zu sein schien.

Aufgrund dieser Umstände, an die August sich in den folgenden Tagen und Nächten noch gewöhnen musste, wandelte sich die Freude des Trinkers Zollinger in Angst, ohne dass er hätte sagen können, wann und wie sich der Wechsel vollzogen hatte. Das unerklärliche Nebeneinander beider Gefühle – der freudigen Erregung und der quälenden Furcht – verwirrte ihn so, dass er eine Weile vom Weg abkam. Um die Panik zu verscheuchen und zu vergessen, dass sein Verschwinden schon öffentlich bekannt sein musste, lief der Fahnenflüchtige Zollinger immer schneller, denn je mehr sein Körper von der gigantischen Anstrengung schmerzte – er war seit über zehn Stunden unterwegs –, umso leiser, wusste er, wurden die Geräusche in seiner Seele. In Wirklichkeit war es nicht das erste Mal, dass er sich dieser Methode bediente. Er hatte gelernt, dass er die beharrlichen Proteste seines Herzens am besten zum Schweigen brachte, wenn er sich bis zum Umfallen erschöpfte. Vom Ausmaß einer Dunkelheit erschreckt, die ihn wie ein Mantel einzuhüllen schien, sprach August zu sich selbst: »Das ist der reinste Urwald« und ging weiter, im Vertrauen darauf, irgendwann eine Lichtung zu finden, von der aus man den Mond sehen konnte.

Was den traurigen Trinker Zollinger bewogen hatte, in dieser beinah unberührten, mit riesigen Kiefern und Tannen bestandenen Gegend ein Einsiedlerleben zu beginnen, war eine starke, fast körperliche Sehnsucht. Ausschließlich diesem inneren Impuls gehorchend, der ihn dazu trieb, immer weiter wegzugehen – als wäre dieses »Weiter weg« ein konkreter Ort, den man auf einer Karte finden könnte –, konnte und wollte August dem Ruf dieser Bäume nicht widerstehen, die mit ihrer Schönheit und ihrem Duft so machtvoll nach ihm verlangten. Wegen der Schwärze des Waldes – die Finsternis war so total, dass man beim Gehen nicht einmal die eigenen Füße erkannte – und weil die Nacht, in der er den Entschluss zur Flucht gefasst hatte, besonders wolkenverhangen war, stieß August sich ständig Arme und Beine, sodass er vor Schmerz aufschrie, aber auch angesichts der tausendfachen Geräusche, die das Dunkel bevölkerten und ihn veranlassten, sich plötzlich entsetzt umzudrehen. Er begann zu keuchen. Und auch darüber nachzudenken, wie schwer es ihm fallen würde, einen Ausgang zu finden, bis er, sich zur Ruhe ermahnend, begriff, dass er diesen Wald ja gar nicht verlassen, sondern noch tiefer in ihn eindringen wollte.

Viel später erst erkannte August besser, welche Kraft es war, die ihn da vorwärtstrieb und ihm half, die Angst zu überwinden. Auf all den – unzähligen und schweigsamen – militärischen Märschen hatte August »seinen« Wald vermisst, den von Romanshorn, in dem er sich als Junge so oft vor der Welt versteckt hatte. Keine der Alleen und keiner der Haine, durch die er in den letzten Monaten zusammen mit den Soldaten Walser und Klopstock marschiert war, hatte ihm die geistige Ruhe vermittelt, derer seine Seele bedurfte: der eigentliche Grund, aus welchem er in seiner Jugend jene langen Spaziergänge unternommen hatte. Der Wald von St. Heiden aber, schwarz und undurchdringlich wie kein anderer, hatte in ihm die Erinnerung an den von Romanshorn heraufbeschworen. Deshalb ging er jetzt, im Bewusstsein, dass eine neue Etappe in seinem Leben begann, in ihn hinein und sehnte sich dabei ein wenig nach der wilden Freude, die am Anfang seiner Flucht gestanden hatte.

Der traurige Trinker aus Romanshorn floh mehrere Tage lang und hielt nur an, um die ihm am appetitlichsten aussehenden Wurzeln zu suchen und auszugraben. Bis es ihm gelang, Feuer zu machen, überlebte er, indem er Grashalme und rohe Wurzeln kaute. Dabei entdeckte er, dass es nicht wenige Blätter und Stängel gab, die durch ihre nahrhaften Eigenschaften und ihren Mineralgehalt als Speise dienen konnten und seine geschwächten Kräfte erneuerten. Oft presste er die Blätter mit aller Gewalt aus oder zerrieb sie auf einem Stein, damit ihr Aroma an seinen Händen zurückblieb, das er später gierig einatmete, als hinge sein Leben allein von diesem Duft ab. In den ersten Wochen schlief er wie ein Tier unter Zweigen oder in kleinen Höhlen und deckte sich mit Laub zu. Er suchte noch nach dem geeigneten Ort, um sich für wer weiß wie lange niederzulassen, denn der Gedanke, dass er weiterhin verfolgt wurde, bohrte in ihm und zwang ihn, sich alle paar Meter umzudrehen.

Unzählige Male glaubte er in der Ferne die rauen Stimmen seiner Regimentsgenossen zu vernehmen, wie sie die Hymnen des Bataillons sangen. So echt erklangen diese Lieder in Augusts Seele, dass er erschrocken hinter sich blickte, ängstlich, dass sie ihn bereits erreicht hatten, und verblüfft, dass es ihnen in so kurzer Zeit gelungen war. In der Tat fühlte er sich unruhig und zögerte mit dem Bau einer Unterkunft, bis diese Gespenstermelodien verstummten.

Als er schließlich eine Hütte errichtete, in der er vor Tieren geschützt schlafen und vor dem Regen Unterschlupf finden konnte, entdeckte Zollinger eine schon fertige, wenn auch viel geräumigere und bequemere als jede, die er hätte bauen können: Offenbar hatte schon jemand vor ihm dort in diesem Wald gewohnt. Doch er hätte die Hütte nicht gefunden, dachte August, wenn er nicht selbst versucht hätte, eine zu bauen. So ist es immer: Den besten Entdeckungen gehen die größten Misserfolge und die tiefsten Gefühle des Scheiterns voraus.

Einige Tage zuvor hatte August Feuerholz gesammelt, und nachdem er die dünneren und biegsameren Zweige herausgesucht hatte, entrindete und glättete er sie und stapelte sie später in einer Ecke seiner Hütte übereinander, noch ohne zu wissen, wozu er sie verwenden würde. An jenem Morgen nahm er einen von ihnen in die Finger und dann einen anderen und noch einen, bis er unbewusst anfing, sie mit großer Leichtigkeit zu verflechten und zusammenzubinden. Es war, als hätten diese Zweiglein, die so geschmeidig und elastisch waren, nur darauf gewartet, dass jemand genau das mit ihnen machte. Als die Sonne über seinem Kopf stand und die Mittagszeit anzeigte, hielt August einen Korb in der Hand. Ja, das war ein Korb: Er selber hatte ihn hergestellt und dies mit überraschender Geschicklichkeit und Perfektion. Der Einsiedler betrachtete seine Hände und betrachtete den Korb und wusste nicht, was von beidem ihn mehr verblüffte: die schnellen, erfahrenen Bewegungen, mit denen die Ersteren diesen Gegenstand geflochten hatten, oder die Rundung und Eleganz des kleinen Korbes – der zweifellos dafür gemacht war, dass eine weibliche Hand eine Frucht in ihn legte.

Erstaunt, dass dieser Korb aus seinen Händen hervorgegangen war, verbrachte der Einsiedler Zollinger den Nachmittag sehr vergnügt und mit sich zufrieden. Er war so glücklich, dass er auf dem Spaziergang, den er jeden Abend vor dem Dunkelwerden machte, fröhlich zu pfeifen begann: erst ein paar einzelne Noten, wenige nur, dann mehr, immer noch unverbunden, und schließlich, als er ihren wundervollen Klang wahrnahm, in harmonischer Folge. Es war das erste Mal, dass er im Wald pfiff, und vielleicht klang die Melodie deshalb so, als hätte sie niemand vor ihm gepfiffen oder gesungen, als wäre er es, der sie für diesen Moment schuf. Aber dem war nicht so: Es handelte sich um einen Militärmarsch, den er in seinem ehemaligen Regiment erlernt hatte. In Augusts Ohren – den einzigen, die sie hören konnten – war die Melodie jedoch keine andere als die, die angesichts eines gelungenen Werkes im Herzen des Menschen ertönt.

Wie konnte er inmitten des absoluten Mangels, in dem er lebte, so glücklich sein?, fragte August sich unter dem bestirnten Nachthimmel. Er besaß keine Reichtümer – alles war in

Romanshorn geblieben –, keine Freunde – er hatte sie hinter sich gelassen –, keine Frau – er hatte sie verloren, ohne sie kennenzulernen. Er besaß nicht einmal ein richtiges Haus, sondern nur eine provisorische Hütte, die er bedenkenlos verlassen würde, sobald das Schicksal ihn dazu aufforderte. Unter diesen Sternen verstand der Einsiedler Zollinger, dass ihm die Geschicklichkeit seiner Hände eines Soldaten, Eisenbahners und Druckers genügte, um glücklich zu sein. Er ahnte noch nicht, dass er bald etwas entdecken würde, das seine wertvollste Gesellschaft bilden sollte: die verborgene Musik der Bäume von St. Heiden.

In derselben Nacht kam ihm der Korb, den er zuvor so bewundert hatte, plump und primitiv vor. Da er sich seines vorherigen Stolzes schämte, der ihm jetzt so lächerlich wie kindisch erschien, begann er, den Korb gewaltsam auseinanderzureißen, und verletzte sich dabei sogar an den Händen. Als das Flechtwerk zerstört war, betrachtete August die zu seinen Füßen verstreuten Zweige und wusste in diesem Moment, dass seine Tat eine Bedeutung hatte, auch wenn er nicht erraten konnte, welche.

Am Anfang verliefen die Tage in St. Heiden in scheinbarer Monotonie – sie unterschieden sich kaum voneinander –, aber in ihrem Gleichmaß hielten sie für August überraschende Neuigkeiten bereit. Stets lernbegierig, verbrachte der Einsiedler seine Zeit damit, die Geheimnisse zu entdecken, die die Natur ihm darbot. Nachdem die ersten Gefahren und Ängste des Lebens im Wald hinter ihm lagen, schien alles heiter und geruhsam zu verlaufen. Bis das Unerwartete geschah.

Zollinger kletterte auf einen Baum, um von oben den Horizont auszuspähen, als er plötzlich das Pfeifen einer Lokomotive zu vernehmen glaubte: jenen Ton, der ihn in anderen Zeiten so oft begleitet hatte und der so widersprüchliche Gefühle in ihm hervorrief.

»Das ist unmöglich!«, sagte August zu sich selbst, während er mit Armen und Beinen den Stamm der Kiefer umklammerte.

Und er hatte Recht, denn vor seinem Rückzug nach St. Heiden hatte er sich überzeugt, dass in der Umgebung keine Eisenbahn fuhr. Wie durch Zauberei verschwand das Geräusch des Zuges sofort wieder, und Zollinger kletterte weiter, voller Angst, dass seine akustischen Halluzinationen nach mehr als einem halben Jahr des Untergetauchtseins wiederkehren könnten.

Kurz bevor er den Baumwipfel erreicht hatte, vernahm August abermals den früher ersehnten und jetzt verhassten Ton des Zuges. Ja, da war er, unverwechselbar, doch – und das machte ihn sprachlos – das Geräusch kam nicht von außen, sondern ... aus dem Inneren des Baumes!, als führe die Eisenbahn dort. Als er sich von dem Schrecken erholt hatte, überlegte August, noch immer an den Baum geklammert, ob er vielleicht verrückt wurde. Von

Neugier gepackt, näherte er sich abermals der Stelle, an der er gerade das Pfeifen der Lokomotive zu hören gemeint hatte. Kein Zweifel, da war es, sehr entfernt am Anfang – gewiss –, doch eindeutig erkennbar, wenn er lange genug lauschte. Geschickt kletterte er hinab und trat rasch ein paar Meter zurück. Er zitterte. Was war das?, fragte sich Zollinger und umkreiste den Baum, stets einen angemessenen Abstand wahrend. Ein makabrer Scherz? Eine Sinnestäuschung?

Es vergingen mehrere Tage, bis August Zollinger den Mut fand, an diesen verhexten Ort zurückzukehren. Um seine Angst zu überwinden, umarmte er einen anderen Baum und wünschte dabei, das merkwürdige Phänomen möge sich nicht wiederholen. Noch hoffte er, dass es im ganzen Wald von St. Heiden nur einen einzigen Baum mit dieser absurden und schockierenden akustischen Eigenheit gab. Bei der Gelegenheit entschied er sich für eine andere Baumart – eine Tanne – und passte auf, dass er sich nicht in der Nähe des »Zug-Baumes« befand, wie er den nannte, der die Erinnerung an seine geliebte Telefonistin hatte aufleben lassen.

Nach wenigen Sekunden zeichnete sich ein Lächeln auf Augusts Lippen ab, denn mit Befriedigung nahm er das Schweigen des neuen Baumes zur Kenntnis. Doch sein Lächeln erstarb, als er das charakteristische Geräusch von fließendem Wasser hörte. Es konnte sich auch diesmal nicht um einen Irrtum handeln – der Fluss war weit entfernt – und auch nicht um eine Trübung seines Verstandes –, jeder hätte es gehört. So deutlich war das Plätschern, dass man die Tanne gar nicht umarmen musste, damit die Quelle in ihrem Innern zu sprudeln begann. In der Tat, es genügte, sich zu nähern, und ... Aber wie konnte es sein, dass dieses Phänomen noch nie von jemandem bemerkt worden war? Wieso hatte ihm noch niemand davon erzählt?, fragte er sich, von seiner genialen Entdeckung fasziniert und beeindruckt.

Zollingers Reaktion auf den »Wasser-Baum« unterschied sich völlig von der auf den Zug-Baum. Während dieser ihn erschreckt hatte und sogar zwang, den Bereich zu meiden, in dem er wuchs, verspürte er gegenüber dem Wasser-Baum oder »Fluss-Baum« – wie er ihn auch nannte – eine Art Entzücken: Eine heimliche, unwiderstehliche Kraft trieb ihn dazu, den Baum aufzusuchen und ihm immer wieder zuzuhören. Kaum hatte er sich von der Tanne entfernt, um mit seinen üblichen Arbeiten fortzufahren – oder um vielleicht an anderen Bäumen zu lauschen, ob es noch mehr klingende unter ihnen gab –, schon vermisste er ihre strömende Musik. Dann lief er zu der Tanne und umarmte sie zufrieden, als wäre sie ein Mensch – oder vielleicht mit größerer Freiheit als bei einem Menschen –, und ließ sich von dem geheimnisvollen Fließen in ihrem Innern umspülen.

Nachdem er das Außergewöhnliche als normal akzeptiert hatte – was einfacher war, als er es sich vorgestellt hatte –, vergingen die folgenden Wochen mit der anregenden Entdeckung ständig neuer, in den Bäumen verborgener Klänge. Bei seinen beharrlichen Expeditionen und Versuchen – bei denen er mal diesen, mal jenen Baum umarmte – stieß er bald auf den »Wind-Baum«, dessen Stamm man nicht ganz umarmen konnte – so dick war er –, auf den des Regens, den er so lieb gewann wie den Fluss-Baum, und schließlich auf den »Donner-Baum«, dessen Krachen unerwartet hereinbrach, wie es das Wesen von Donnerschlägen ist.

August glaubte schon, das Geheimnis der Bäume von St. Heiden entschlüsselt zu haben – vielleicht das Geheimnis aller Bäume auf der Welt –, als er einen umarmte, der ihm nicht nur ein bloßes Naturgeräusch schenkte, sondern eine Melodie! Wie schön und liebenswert die Bäume, die die Klangfülle der Natur in sich trugen, auch waren, das Wohlgefallen, das der Einsiedler an den »Musik-Bäumen« fand, war unvergleichlich.

Den ersten Baum, in dem er eine Melodie hörte, nannte er den »Musik-Baum«, da er glaubte, er sei der Einzige im gesamten Wald, der sie ihm darbot. Aber dann, als er an der Rinde einer großen Kiefer lauschte – und er war bereits ein Fachmann darin, die äußeren Geräusche auszublenden –, vernahm er eine neue, frühlingshafte Melodie, die viel fröhlicher war als die des sogenannten Musik-Baums, weshalb er den letzteren »*Allegro*-Baum« und den ersten »*Moderato*« nannte, Begriffe, die in der Schule gelernt zu haben er sich erinnerte. Der schlanke *Allegro*-Baum ließ Zollinger vermuten, was sich wenig später als zutreffend erweisen sollte: dass, so wie einige Bäume in der Tiefe ihrer Stämme Naturklänge enthielten, andere Melodien verbargen. Und dass es, wenn er sie bisher nicht hatte vernehmen können, sicherlich daran lag, dass sein Gehör noch nicht so vorbereitet gewesen war, wie es nur ein Einsiedlerleben vorbereiten kann. Er irrte sich nicht: Es gab viele Bäume, die in ihrem Innern Musik verbargen, dutzende in Wahrheit, und in jedem von ihnen steckte eine neue Melodie.

Nach dieser Offenbarung lief August eilig von Baum zu Baum, so groß war das Vergnügen, das er in der geheimen Musik der vertrautesten wie der fernsten Bäume fand. Er wusste nicht, ob es ihm mehr Freude machte, eine neue Melodie zu entdecken – nie würde er alle hören können – oder zu denen zurückzukehren, die er schon gehört und denen er einen Namen gegeben hatte, damit er sie später wiedererkannte: die »melancholische Melodie« zum Beispiel oder die »himmlische«, denn, wenn er diesen Baum umarmte, hatte er den Eindruck, dass ihn ein Engelschor im Himmel empfing, oder die »leidenschaftliche«, denn, wenn er sie hörte, konnte er nicht anders, als selbst zu singen, oder schließlich die »traurige Melodie«, denn immer, wenn er sie vernahm, musste er daran denken, dass er von einem Augenblick zum anderen sterben konnte.

Als die Begeisterung der ersten Tage vergangen war, in denen August sich jubelnd und erwartungsvoll auf jeden Baum gestürzt hatte, der ihm in den Weg kam, begriff der Einsiedler in einer zweiten, ruhigeren Phase, dass das Vergnügen größer war, wenn er die Bäume, die er umarmen wollte, rationierte, indem er sie nach einer bestimmten Ordnung oder Wegstrecke einteilte und sogar auf ihre Rinde ein Zeichen machte, das ihm half, sie zu identifizieren. Auf diese Weise, dachte er, würde er die Musik der einen Bäume nicht mit der der anderen verwechseln, und so, wenn man sie in ihrer Individualität erkannte, könnte man ihre Musik noch besser genießen.

Nachdem er Dutzende von Stücken gehört hatte, umarmte August eine kleine Kiefer, die er nicht mehr vergessen konnte. Es geschah fast unabsichtlich, denn er ging auf einen anderen Baum zu, dem er wegen seiner Einsamkeit und Majestät seit Tagen einige Minuten widmen wollte: Er war sich sicher, dass die Melodie in seinem Inneren eine ganz besondere war. Aber ein Bäumchen stellte sich ihm in den Weg, und da er das Gefühl hatte, es riefe ihn, beschloss er, ihm ein paar Sekunden zu gewähren, um gleich darauf zu dem weiterzugehen, der von ihm bestimmt mehr Aufmerksamkeit verlangen würde. Doch August konnte sich nicht wie geplant rasch wieder von der kleinen Kiefer entfernen, die, weil sie an einem Hang gesprossen war, schief wuchs. Sofort begriff er, dass in ihr eine weit zurückliegende, bekannte Melodie erklang, aber er brauchte eine Weile, zu erraten, von welchen Lippen er sie gelernt hatte. Er summte sie einige Takte lang mit, bis er sie mit geschlossenen Augen – er zog es vor, sie zu schließen – erkannte: Es war ein Wiegenlied, eines von denen, die ihm seine Mutter immer vorgesungen hatte. Als wäre die Zeit nicht vergangen, trug der Wald es ihm jetzt, dreißig Jahre später, wieder zu. Zärtlich an den Baum gelehnt, mit einer Freiheit, wie sie nur Einsiedler besitzen, weinte und lachte Zollinger, ohne zu wissen, ob es Weinen oder Lachen war, was da ungehemmt aus seiner Kehle drang.

Außer diesem sanften Wiegenlied hörte August in seinen Bäumen die Schullieder, mit denen er das Alphabet und das Einmaleins gelernt hatte, die aus dem Kirchenchor, an deren Texte er sich erinnerte, als hätte er sie täglich gesungen, und sogar einige aus seinem geliebten Bataillon, die noch ganz frisch waren.

Den alten Baum, der ihm das Lied schenkte, das er selbst gemeinsam mit der Truppe gesungen hatte, nannte August den »Baum des dritten Bataillons«. Zu ihm ging er immer, wenn es ihn nach der Wärme seiner Kameraden verlangte, die scheinbar so fröhlich, in Wahrheit jedoch so traurig, so hart und grob nach außen, aber so geduldig und zartfühlend im Innern waren. Je länger er mit ihnen gelebt hatte, umso besser hatte August verstanden, wie sehr er jenen Männern ähnelte, auch den gewalttätigen und lauten – mit denen nichts gemein zu haben er anfangs in naiver Weise geglaubt hatte. Wie lange war er eigentlich schon hier in diesem Wald?, fragte er sich, wenn er den Ruf des »Baums des dritten Bataillons« vernahm. Wie viele Monate mochten vergangen sein, seit er sich mit Umarmungen und vor Freundesliebe gebrochenen Worten von Ferdinand verabschiedet hatte?

»Ferdinand! Ferdinand!«, stammelte August.

Und er vermisste ihn so, dass er den brennenden Wunsch verspürte, sein Freund möge bei ihm sein.

War die Entdeckung der Melodien in den Bäumen von St. Heiden – vielleicht in den Bäumen jedes Waldes der Welt – schon wunderbar, wartete auf den Einsiedler Zollinger noch die letzte und größte Überraschung: In einem seiner Bäume (er hatte sich angewöhnt, sie als seine zu bezeichnen) vernahm er eines Tages ein Wort.

»Habe ich dich noch nicht umarmt?«, fragte August einen Baum, an den er keine besondere Erinnerung hatte.

Da er ihm keine Eigenschaft zuordnen konnte, umarmte der verjüngte Zollinger ihn und … hörte absolut nichts! Das verblüffte ihn.

»Wie ist das möglich?«, fragte er ihn; oder fragte es sich selbst, schwer zu sagen.

Lange spitzte er die Ohren und widerstand der Versuchung, sich anderen Bäumen zuzuwenden, die ihm Musik versprachen.

»Der Baum des Schweigens«, sagte er daraufhin zu sich und fürchtete, dass auch die Musik der übrigen Bäume verstummen könnte.

So etwas wollte er sich nicht einmal vorstellen. Wäre er fähig, ohne die Musik im Wald zu überleben? Wie hätte er es in den ersten Monaten geschafft?, fragte er sich angesichts des ausdauernden Schweigens dieses hohen Baumes.

»Still!«

Er selbst war es, der sprach und sich zum Schweigen ermahnte. Aufgeregt wie jemand, der sich kurz vor einer Offenbarung wähnt, erkannte August, dass in diesem Baum ein Ton zu vernehmen war, auch wenn er ihn nicht identifizieren konnte. Er hörte etwas wie:

»Ffff, fff, ffff ...«

»Der Wind?«, fragte er sich.

Wenig später hatte der Ton sich bereits verändert:

»Fffeeeee, ffffeeeeeeeee, fffffeeeeeeeeee«, schien er zu sagen.

Und gleich darauf:

»Fffeeeerdinaaaa, Fffffeeeerdinaaaaaaa ...«

»Ferdinand?«, fragte August und löste sich von dem Baum.

So, mit Abstand, war nichts zu hören. Also näherte er sich wieder. Abermals vernahm er:

»Ffffff, fffffffffffff, fffffffffffffffff ...«

Und dann:

»Fffeeee, ffffeeeeeeeeee, fffffeeeeeeeeeeeeee ...«

Und schließlich, über jeden Zweifel erhaben:

»Fffffffeeeeeeeeeerdinaaaaaaaaand, Fffffffffee-
eeeeeerdinaaaaaaaaaaaaaaaaand ...«

»Ferdinand!«, rief August zurückweichend.

Tatsächlich, der Baum sagte »Ferdinand«, das war nicht zu leugnen. Sicher, er sprach es nicht vom ersten Moment an aus, aber wenn man lange genug an seiner Seite blieb, hörte man das Wort »Ferdinand« mit aller Klarheit. Ferdinand war also bei ihm, dachte August. Auf geheimnisvolle und unerklärliche Weise, aber er war bei ihm. Die Gewissheit, dass sein Freund anwesend war, ließ ihn vor Rührung erbeben.

»Wie geht es dir?«, fragte er den Baum.

Unfähig zu einem Gespräch, antwortete dieser ihm jedoch nur: »Fffff, fffff, ffffff ...«, bis es ihm gelang, Klopstocks Vornamen im Ganzen auszusprechen.

Ob es noch mehr Männer und Frauen in diesen Bäumen gab?, fragte August sich. Waren sie dort und warteten auf ihn, alle Menschen, denen er im Laufe seiner dreißig Lebensjahre begegnet war? Die er gekannt hatte? Waren seine Eltern dort? War dort ... Magdalena?

Die folgenden Wochen verbrachte August Zollinger damit, seine geliebten Menschen im Innern der Bäume zu suchen, eine Aufgabe, bei der er sich in Geduld übte und lernte, beharrlich zu bleiben, denn die Bäume schenkten ihm nur dann Wörter, wenn er lange Zeit lauschte.

Und ja, viele seiner geliebten Menschen fand er dort, wenn auch nicht alle. Magdalena zum Beispiel war nicht da, und so sehr er sie suchte, er konnte sie nicht entdecken. Als Ersatz – und die Wiederbegegnung erfüllte ihn mit Hoffnung – fand er Truder, Frieder und Heinz, Freunde aus Kindertagen. Und Georg Frouchtmann, seinen Zeichenlehrer, den er so verehrt und bewundert hatte. Und sogar den Bürgermeister von Rosenwohl, der ihn für die Arbeit bei der Eisenbahn unter Vertrag genommen hatte und dessen Anwesenheit in der Gruppe der ihm nahestehenden Menschen August sich nicht erklären konnte.

Er stieß noch auf einen anderen, ebenfalls sehr hohen Baum, der auch das Wort »Ferdinand« sagte, obendrein mit größerer Klarheit als der echte »Ferdinand-Baum«, dem man den vollständigen Namen förmlich abringen musste. Sein Freund Klopstock besaß also zwei Bäume. Er war der Einzige mit diesem Privileg, wie August feststellte. Natürlich war es möglich, dass es sich um einen anderen Ferdinand handelte, den er vor längerer Zeit gekannt hatte und an den er sich nicht mehr erinnerte. Oder um einen anderen Ferdinand, den er noch kennenlernen würde.

Als wäre das nicht schon genug, enthielten die Bäume von St. Heiden nicht bloß Eigennamen, sondern alle Arten von Substantiven sowie Verben und Präpositionen und Adjektive ... So gab es zum Beispiel, um eine Kuriosität zu erwähnen, einen Baum, in dem man das Wort »Baum« hören konnte: Diesen nannte August den »Baum-Baum«. Und einen anderen, in dem man »Meer« hörte, jedoch nicht das charakteristische Geräusch der Wellen, sondern nur das Wort »Meer«. Es gab auch den »Allein-Baum« und den »Blau-Baum« und den »Riesig-Baum« und den »Fremden-Baum«, einen der schutzlosesten. Darüber hinaus fand Zollinger den »Brot-Baum« und den »Wein-Baum«, der kein Weinstock war, und den »Hirsch-Baum« und den »Blatt-Baum« und den »Hoch-Baum« und den »Gestürzt-Baum« und viele andere, die ihm eine Unmenge an Gedanken und Gefühlen eingaben.

Neben dem »Theorie-Baum« fand August den »Tränen-Baum«, der, kaum hatte er ihn umarmt, in ihm hervorrief, was er verkündete. Ja, der junge Einsiedler begann zu weinen, sich endlich bewusst werdend, dass es ihm als Soldat und Eisenbahner gutgetan hätte, etwas mehr zu weinen. Dankbar gegenüber dem Baum, der ihn lehrte, seinem Kummer Luft zu machen, suchte August ihn täglich auf, ohne je sagen zu können, ob er an seiner Seite vor Trauer oder vor Freude weinte.

So, die Bäume umarmend, lebte der Eremit Zollinger Monat um Monat im undurchdringlichen Wald von St. Heiden. Bis er ein Wort hörte, das ihm das Blut in den Adern gefrieren ließ und ihn dazu trieb, sein Leben zu ändern.

»Fort!«, rief es aus dem Innern eines Baumes.

»Fort?«, fragte August und trat erschrocken zurück.

»Fort, fort, fort!«, wiederholte die alte Kiefer mit noch größerem Nachdruck.

August wusste nicht, wie er das deuten sollte, obwohl er verstand, dass der Baum ihn aufforderte, sich zu entfernen. Aber wovon? Von dieser Kiefer, die nicht wollte, dass er in ihrer Nähe war? Von dem Wald?

Über den unerwarteten Befehl beunruhigt, mied August diesen Baum mehrere Tage in der Überzeugung, die Botschaft werde verstummen, wenn er ihn nicht mehr umarmte. Doch die Anziehungskraft der alten Kiefer war unwiderstehlich, sodass er sich, auch ohne es zu planen, erneut an ihren Stamm lehnte, nur um stets dasselbe »Fort, fort, fort ...« zu hören, das ihn so verstörte.

Schließlich gehorchte August der Stimme des Baumes und bereitete sich darauf vor, den Wald zu verlassen, in dem er sich mehr als ein Jahr lang versteckt hatte.

Das geschnürte Bündel auf dem Rücken, verabschiedete sich der Einsiedler von seinen Freunden in St. Heiden, den Bäumen, indem er sie umarmte oder einfach nur schweigend ihre Stämme oder dicksten Äste berührte. Ob er das Richtige tat?, fragte er sich mit einem Kloß im Hals. Wohin würde ihn dieses neue Exil führen?

Als er seine Hütte schon hinter sich gelassen hatte, wollte August noch einen letzten Baum hören, einen nur – versprach er –, in der Hoffnung, was dieser sage, werde sein Schicksal endgültig erhellen. Er schwor, die Botschaft zu respektieren, und ohne zu überlegen, welche von all den Kiefern er anhören sollte, vernahm August aus dem Baum, den er umarmte, das Wort »weg«, genauso deutlich, wie er Tage zuvor das schreckliche »fort« vernommen hatte. Da verzichtete er, sich an noch mehr Bäume zu wenden. Er hatte Gehorsam gelobt, und nun musste er weggehen – das war die Anweisung.

So geschah es, dass August Zollinger den dunklen Wald von St. Heiden verließ, wo er sich inmitten der geheimnisvollen, klingenden Einsamkeit in so guter Gesellschaft gefühlt hatte.

W enige Tage, bevor August Zollinger in den
wohlhabenden Bezirk Appen-Tobel kam
– in dessen gleichnamiger Hauptstadt einst der
gefeierte Komponist Richard Wagner residiert
hatte –, war ein Verwaltungsbeamter, den man
als Jacob Mazenauer kannte, mit der örtlichen
Bäckersfrau Liese Schmeller durchgebrannt. Alle
Leute redeten unermüdlich über diese Flucht,
und das nicht bloß, weil Mazenauers Frau einsam und schutzlos zurückgeblieben war oder der
Ehemann der Bäckerin Liese, der sich in derselben Lage befand, Rache geschworen hatte – was
ihm in Anbetracht seiner Feigheit und Schwä-
che nur wenige abnahmen –, sondern weil die
verliebte Bäckerin von den männlichen Einwoh-
nern Appen-Tobels überaus geschätzt wurde,
und das nicht allein wegen ihrer Brote und Ku-
chen. Unglücklicherweise hatte Liese Schmellers
Mann kein gutes Verhältnis zur Frau des Beamten Mazenauer, wodurch sich die Widrigkeit auf
das Angenehmste hätte lösen lassen.

Weil sie den niederen Rang auf der Stu-
fenleiter und folglich den mit der geringeren

Verantwortung bekleideten, hatten die Beamten zweiten Grades des prächtigen Rathauses von Appen-Tobel – das für seine umfassende Bürokratie berühmt war – die vielfältigsten Aufgaben zu erledigen. Das Schicksal meinte es gut mit Zollinger und sorgte durch das Verschwinden eines heimischen Beamten – Mazenauers – sowie den ständigen Bedarf an neuen Mitarbeitern dafür, dass er umgehend in die Behörde aufgenommen wurde. Man übertrug ihm, sämtliche Dokumente zu stempeln, die seine Vorgesetzten in das ihm zugewiesene Zimmer schickten, das er mit zwei Kollegen gleicher Position und einem Beamten ersten Ranges teilte, an welchen er sich bei allen Fragen oder Genehmigungen wenden sollte.

»Sie sind ein ordentlicher Mensch, nicht wahr? Sie laufen mit niemandem weg?«, fragte ihn der Beamte ersten Ranges, der Loos hieß. »Sehen Sie das hier?«, fuhr Loos fort und zeigte dem neuen Angestellten ein Siegel und einen Stempel.

Bevor August antworten konnte, war der Beamte ersten Ranges schon dabei, es ihm zu erklären.

»Das ist Ihr Arbeitsinstrument, ein Stempel. Besser, Sie freunden sich mit ihm an, denn Sie werden viele Stunden zusammen verbringen.«

»Ein Stempel«, wiederholte August, der das Werkzeug untersuchte, als handelte es sich um etwas ganz Außergewöhnliches oder zumindest so, als wäre es das erste Mal, dass er einen derartigen Gegenstand sah.

Der Beamte ersten Ranges versuchte, ihm die Dinge zu erleichtern:

»Dies hier«, sagte er in einer Lautstärke, die weit über der notwendigen lag, »dient dazu, Dokumente abzustempeln und zu beglaubigen. Es ist ein offizielles Siegel«, fuhr er, den Stempel zwischen den Fingern, fort. »Es dient dazu, den Dokumenten Wert und Gültigkeit zu geben.«

Ihm ein Schächtelchen überreichend, sprach er weiter:

»Und das ist ein kleines, mit Tinte getränktes Kissen. Man verwendet es, um die Siegel und Stempel zu färben.«

August betrachtete den Stempel immer noch mit wahrem Entzücken, fast benommen. Er drehte ihn hin und her, als wartete er, dass dieser ihm etwas offenbare, was man nicht auf den ersten Blick erkennen konnte. Nachdem der Beamte ersten Ranges ihm vorgeführt hatte, wie man es machte, durfte er selbst einige Sekunden üben. Die Vorführung war erschöpfend. Dieser Mann konnte viele Dokumente in kurzer Zeit stempeln, keine Frage. Aber mit welcher Qualität? Der neue Beamte Zollinger wies den alten Beamten Loos, seinen Vorgesetzten, nicht auf die schlechte Qualität von dessen Siegelungen hin, bei denen die Tinte am Rand schwächer wurde – etwas, das August für einen schweren, wenngleich behebbaren Mangel hielt.

»Ja, ja, ich verstehe«, antwortete August endlich, während er mit der Aufmerksamkeit eines

Musterschülers die raschen Bewegungen der Hände seines sichtlich an den Umgang mit Papier gewöhnten Vorgesetzten verfolgte.

Wegen der weit geöffneten, erwartungsvollen Augen, mit denen er zuschaute, und der übertriebenen Neigung seines Oberkörpers über das Formular, um kein Detail zu versäumen, war es unabweisbar, dass Zollinger interessierte, was sein Chef ihm erzählte. Er hatte Lust anzufangen und bedauerte, dass dieser Mann es ihn nicht sofort tun ließ, wie er es sich wünschte. Gern hätte er überprüft, wie gut er seine neue Aufgabe bewältigte. Er hatte den Eindruck, es werde nicht lange dauern, bis er seinen Vorgesetzten an Geschwindigkeit und Perfektion übertraf, wenn dieser wirklich nicht besser stempeln konnte, als er es ihm gezeigt hatte.

Zufrieden ging August am Abend nach Hause, glücklich wie ein Kind, das weiß, dass die Schule bald vorbei sein und es in die Ferien fahren wird. In dieser Nacht träumte er sogar von seinem Stempel, den er am nächsten Tag ausgehändigt bekäme, und von dem großen Schreibtisch, hinter dem er seine Pflicht in der Verwaltung erfüllen würde. In Augusts Traum war der Schreibtisch viel länger, als er am Anfang gewirkt hatte, obwohl er seine ungeheure Länge gar nicht richtig ermessen konnte, bevor er die Hand ausstreckte, um seine Utensilien zu erreichen. Wie war er nur auf so etwas gekommen?, machte er sich im Traum Vorwürfe. Sein geliebtes Siegel und sein ersehnter Stempel befanden sich weit entfernt von ihm, aber nicht bloß einen oder zwei Meter, sondern viel weiter. Nur wenn er an diesem unendlichen Tisch entlangginge, könnte er sie erreichen. In der Ferne erschienen ihm das Siegel und der Stempel winzig klein wie Spielzeug, was ihn entmutigte. Unerklärlicherweise ging August nicht zu ihnen hin, sondern versuchte, sie mit den Fingern zu erreichen, die sich jedoch vergeblich abmühten.

Als August am nächsten Morgen hinter seinem kleinen Schreibtisch Platz nahm, dachte er nicht mehr an den unmöglichen Tisch aus seinem Traum, sondern daran, wie wichtig es war, bei seinen Vorgesetzten einen guten Eindruck zu machen, wenigstens in den ersten Tagen. Statt an die Arbeit zu gehen, denn die Formulare türmten sich bereits, sah August aufgeregt seine Zimmergenossen an und lächelte ihnen schüchtern zu. Als eindeutiges Zeichen des Willkommens lächelte Julius Weibel zurück. Die anderen beiden waren jedoch zu sehr mit ihren jeweiligen Aufgaben beschäftigt, sodass sie das wunderschöne Lächeln, mit dem August ihr Wohlwollen gewinnen wollte, nicht bemerkten.

Danach betrachtete August mit Ehrfurcht, ja, fast mit Zuneigung den Stempel. Dort war er, genau in der Mitte seines Schreibtischs – jetzt kam er ihm viel größer vor als in seinem Traum. Der Stempel wartete auf ihn, dachte

August, wagte aber noch nicht, nach ihm zu greifen, für den Fall, dass er erst den Befehl dazu erhalten musste.

»Hallo«, sprach er innerlich zu ihm. »Wie geht es dir? Wollen wir Freunde werden?«

Nein, er sagte nichts dergleichen, erweckte aber diesen Eindruck bei dem Beamten ersten Grades, der, das im Büro herrschende Schweigen brechend, ausrief:

»Was ist? Willst du nicht endlich anfangen?«

Erschrocken stürzte August sich auf seinen Stempel, befeuchtete ihn am Kissen und begann zu stempeln, erst ganz langsam, aus Angst, dass er es zu hastig und unordentlich machte.

Kein anderes Rathaus des Landes konnte sich mit dem von Appen-Tobel vergleichen, weder bezüglich des Umfangs und der Effizienz seiner Arbeit noch hinsichtlich des rasenden Tempos, mit dem alle ihrer Pflichterfüllung nachgingen. Deshalb war es für August nicht leicht, die Persönlichkeiten seiner abgehetzten Bürogenossen kennenzulernen. Julius Weibel zum Beispiel, sein Kollege zur Rechten, steckte die von ihm gestempelten Formulare in die eleganten Umschläge der Stadtverwaltung, über deren Aufdruck in selbiger Amtsstube viel diskutiert worden war. Dieser Weibel, dem August gegenüber den anderen klar den Vorzug gab, grüßte jeden Morgen mit einer Begeisterung, die nicht wenige für unpassend hielten. Er sagte »Guten Tag!« in demselben Ton, in dem er auch verkündet hätte: »Ich bin glücklich!« Es war nicht unwahrscheinlich, meinte August, dass dieser Weibel (viele nannten ihn so: »dieser Weibel«) ein heimliches Vergnügen dabei empfand, die von ihm, August, zuvor gestempelten Dokumente in drei Teile zu falten. Infolge all dieser Gedanken hatten sich vor dem Beamten Zollinger – der strenger überwacht wurde als der Rest – einige Formulare auf dem Tisch angehäuft, wodurch die ganze Kette ins Stocken geriet und es im Büro zu einem kleinen Kollaps kam.

Nach Loos – dem Verantwortlichen dieser Amtsstube – kam es darauf an, die Kette nie abreißen zu lassen. Sie funktionierte so: Von einer anonymen Hand, die auf wundersame Weise mit einigen Formularen in der Tür auftauchte – und die sich nicht eher zurückzog, als bis jemand sie entgegengenommen hatte –, wanderten die Papiere auf den Tisch des schon erwähnten Loos, der den Blick allein zur Überwachung der Untergebenen von seinen Angelegenheiten hob. Nachdem Loos stirnrunzelnd die Orthographie überprüft und festgestellt hatte, ob die Formulare tatsächlich von der zuständigen Person unterzeichnet waren, gingen sie an Zollinger, der sie abstempelte. Von dort wanderten sie mithilfe von Achim – dem Burschen, der sie von einem Ort zum anderen trug – zu dem lächelnden Julius Weibel, der sie dann in der linken Ecke seines Tisches ablegte, damit eine andere anonyme Hand oder vielleicht dieselbe – denn man erfuhr nie, wer es war, der die Formulare ins Büro hineinreichte und von dort abholte – sie mit der Verschwiegenheit und Effizienz an sich nahm, die das reibungslose Funktionieren dieses Rathauses kennzeichneten. Wenn Loos bei seiner Überprüfung länger brauchte – was nur selten geschah –, blieb August ohne Arbeit. War es jedoch August, der zu lange brauchte, um seine Stempel zu setzen, dann war es dieser Weibel, der nichts zu tun hatte. Und schließlich, wenn Weibel nicht zügig faltete, gab die anonyme Hand, herabhängend, deutliche Zeichen der Ungeduld von sich, ohne deshalb ihren unpersönlichen Charakter zu verlieren. Trotz solcher widriger Arbeitsbedingungen schien zumindest die Hälfte der Beamten dieses Büros in der mechanischen Erfüllung ihrer Pflichten aufzugehen.

Als er schließlich etwa zwanzig Formulare abgestempelt hatte, eilte August zu dem Beamten ersten Ranges, um sie ihm zu zeigen. Es war offensichtlich, dass er Wohlgefallen erregen wollte.

»Was meinen Sie?«, fragte er, während er sie seinem Vorgesetzten hinhielt. »Sind sie gut geworden?«

Der kürzlich beförderte Loos musterte die Formulare mit demselben Blick, mit dem August am Vortag den Stempel gemustert hatte: verdutzt, verständnislos. Welche Absicht verfolgte dieser Mann, indem er ihm seine Arbeit zeigte?, fragte er sich. Dass er ihn lobte? Machte er sich über ihn lustig? Erst nach Jahren des

Dienstes hatte Loos es zum Bürochef gebracht. Er selbst hatte früher das Amt des Stempelns ausgeübt, aber für Zollinger war er damit keine große Hilfe. Denn Loos persönlich teilte seinem neuen Untergebenen mit, wie langweilig seine Aufgabe sei und dass er selbst gerade deshalb darum ersucht habe, ihn von dieser ebenso stumpfsinnigen wie bürokratischen Tätigkeit zu entbinden. Loos zufolge war das Beamtentum im Allgemeinen, aber besonders das Beamtentum zweiten Grades und natürlich das Beamtentum zweiten Grades in Appen-Tobel keine bloße gesellschaftliche Funktion, sondern eine elementare Daseinsform.

»Sie denken«, sagte Loos und maßte sich an, Augusts Gedanken zu lesen, »dass Sie am Ende Ihres Arbeitstages wieder nach Hause gehen und ein friedliches, normales Leben führen können. Aber nein!«, schrie Loos, den niemand um eine Überlegung dieser Art gebeten hatte. »Ab heute wird Ihre gesamte Existenz davon geprägt sein, dass Sie offizielle Dokumente stempeln. Und das hier«, er machte die unmissverständliche Geste des Stempelns, »das hier«, er wiederholte die Gebärde, »wird sich am Ende in etwas Unbewusstes und Automatisches verwandeln, das Sie auffrisst.«

August Zollinger hörte Loos, der sich nach dem Redeschwall den Schweiß abwischte, interessiert zu. In seiner Macht und Eitelkeit geschmeichelt, setzte dieser seinen Vortrag sogleich fort:

»Sie werden die Freude am Leben verlieren, warten Sie nur ab!«

Und fügte hinzu:

»Man geht nicht ungestraft mit Akten um. Sie sind zu abstrakt.«

Sei es, weil seine wahre Berufung nicht die zum Drucker, sondern die zum Beamten war, oder weil seine manuelle Geschicklichkeit für jede Arbeit taugte, sicher ist jedenfalls, dass dem jüngst unter Vertrag genommenen Angestellten das Stempeln von Formularen nicht langweilig wurde und auch seine Persönlichkeit keinen Schaden nahm – wie man es ihm prophezeit hatte –, und dies in Anbetracht der Tatsache, dass die Bürokratie in Appen-Tobel ungeheure Ausmaße besaß. Trotz der Warnungen seines Chefs übte August Zollinger sein neues Amt mit bewundernswerter, kindlicher Freude aus, wie sich im Weiteren zeigen wird.

Vielleicht fing alles an, weil Loos sich nicht einmal herabließ, die soeben von August gestempelten Formulare zu begutachten, sondern ihm befahl, augenblicklich zu seinen Unterschriftenstempeln zurückzukehren.

»Unterschriftenstempel!«, sagte August zu sich, überzeugt, dass er, da dies nun seine Mission war, das spezifische Vokabular seines neuen Berufs erlernen müsse. Es war dieser Weibel, sein Kollege zur Rechten, der ihm die Sache in der Pause erläuterte.

»Der Unterschriftenstempel ist ein Stempel, der ein Faksimile des Namenszuges und der Amtsbezeichnung einer Person enthält oder einfach ein Schriftzug, der unter bestimmte Dokumente gesetzt wird.«

»Faksimile«, wiederholte August. »Amtsbezeichnung.«

»Aber du kümmere dich darum, das Standardsiegel zu drucken«, fuhr Weibel fort.

Drucken!, dachte August begeistert. Das, was er jetzt begann, hatte also, wenn auch nur entfernt, mit dem zu tun, was er immer hatte tun wollen. Wenn seine Bereitschaft, sich mit der neuen Arbeit bekanntzumachen, schon groß war, verdoppelte Weibels Information seine Hingabe und Fingerfertigkeit noch. Dermaßen, dass es ihm gelang, mehr als fünfzig Formulare in einer Minute abzustempeln, einundfünfzig exakt, obwohl niemand im Rathaus von Appen-Tobel diese Fähigkeit zu schätzen schien. Und wenn bereits die Geschwindigkeit nicht gewürdigt wurde, die man gar nicht übersehen konnte, dann noch viel weniger die Druckqualität jeder einzelnen Stempelung von den einundfünfzig, die er pro Minute schaffte, oder letztlich jeder Einzelnen von denen, die er im Laufe des Tages ausgeführt hatte.

Denn das war ebenfalls wichtig: Die Qualität seiner Stempel nahm keineswegs in dem Maße ab, wie der Arbeitstag voranschritt, um etwa am Ende desselben miserabel zu werden – wie es dem ehemaligen Beamten zweiten Ranges, den

August ersetzt hatte, passiert war –, sondern sie blieb vom ersten Stempel in der ersten Stunde am Morgen bis zum letzten vor dem Feierabend immer unverändert. Ein hypothetischer Experte, der sämtliche Dokumente untersucht hätte, hätte keine Vermutungen anstellen können, um wie viel Uhr ein beliebiger dieser Stempelvorgänge vollzogen wurde.

Alles das befriedigte Zollinger sehr, dem nie die Tinte verlief, wie es dem liederlichen ehemaligen Beamten zweiten Ranges äußerst oft passiert war – August machte sich die Mühe, das festzustellen. Die von August abgestempelten Formulare hatten alle dieselbe Qualität. Es gab keine dunkleren und blasseren Stempel, wie es geschieht, wenn man ohne entsprechende Vorbereitung stempelt. Alle Dokumente, die in seine Hände gelangten, wurden an genau der Stelle gestempelt, an der jeder Betrachter ein offizielles Siegel erwarten würde, ohne dass ihm jemals der Stempel nach rechts oder links verrutschte, wie es bei den ersten Versuchen vorgekommen war. Nein, jeder einzelne Abdruck des neuen Beamten saß gerade und mittig, einfach perfekt oder doch fast: Selbst wenn sie vorzüglich waren, hätten sie Augusts Ansicht nach besser sein können, wenn die Stempelfläche aus einem anderen Material gewesen wäre.

Nicht dass es Zollinger traurig stimmte, von seinen Kollegen im Rathaus, seien sie nun Beamte zweiten oder höheren Ranges, nicht die gebührende Anerkennung zu erfahren. Er tat das alles für die Würde des Berufes selbst, und ungeachtet der allgemeinen Gleichgültigkeit glaubte er stets, dass es besser sei, einen Stempel gut zu setzen, als ihn schlecht zu setzen. Innerhalb der scheinbaren Einfachheit dieser Arbeit war es lange nicht so leicht, etwas richtig zu stempeln, wie es schien. Davon war er überzeugt. Und so machten es alle, denen er den Stempel überließ, damit sie ihre Dokumente selber stempelten – und das waren nicht wenige –, ausgesprochen schlecht, auch der Bürgermeister. Die zögerliche, fast feminine Art, mit der der Bürgermeister von Appen-Tobel das Siegel setzte, irritierte den Beamten Zollinger, der von seinem obersten Vorgesetzten wenigstens in diesem Punkt mehr Entschlossenheit und Nachdruck erwartet hätte. Doch August verbot sich jede Missbilligung oder Kritik, er wollte niemanden beschämen. In seiner Poetenseele aber machte ein schlecht gesetzter Stempel ihn unendlich traurig, und zum Ausgleich stempelte er mit der größten Sorgfalt so viele Dokumente, wie er nur konnte.

Genauso wie der Geist des Lesers, sinnierte August, vor einem schmutzigen, unordentlichen Formular zurückschreckt und die Hände, sei es wegen der Durchstreichungen oder der hässlichen Faltung, es so schnell wie möglich loslassen wollen, mögen umgekehrt alle saubere und ansehnliche Formulare. Vor ihnen scheint sich der Geist zu weiten, und man

beginnt ihre Lektüre mit einer anderen Emp-
fänglichkeit. Vor gut gegliederten, makellosen
Dokumenten empfindet man Stolz auf das, was
den Menschen ausmacht.

Hinsichtlich der Mission, die man ihm anver-
traut hatte, entwickelte August nach kurzer Zeit
zwei theoretische Überlegungen. Die erste war
eine Feststellung: Keines der Dokumente, die,
nachdem sie die zuständigen Gerichte durch-
laufen hatten, in seine Hände gelangten – ob
es nun um Kauf oder Pacht, um Erbschaften,
Schenkungen, Erlasse oder Streitfälle ging –,
besaß rechtliche Gültigkeit, solange er nicht
den Stempel auf dessen Seiten drückte. Der
Akt, einen Stempel auf ein offizielles Dokument – oder, besser gesagt, auf ein Dokument,
das erst kraft dieses Stempels zu einem offiziellen wurde – zu drücken, schien von einiger Bedeutung zu sein. Wenn es der Stempel war, der
einem Papier offiziellen Status verlieh, wenn
das, was das Schriftstück verkündete, kraft dieses Abdrucks aus Farbe eine Wirksamkeit be-
kam, die es davor nicht hatte, dann war es, ob
seine Vorgesetzten das nun wollten oder nicht,
ob man den Wert seiner Tätigkeit nun mehr
oder weniger hervorhob, unleugbar, dass das
Stempeln von Dokumenten ein ganz eigenes
Gewicht hatte. Die zweite Überlegung trug einen stärker metaphysischen Charakter: Wie
kam es, dass ein schlichter Stempel dem Papier
eine Würde und Ehrbarkeit zuteil werden ließ,

die es vorher nicht besessen hatte? Wo verbarg sich das Wesen des Offiziellen? In der blauen Farbe, die man bald würde erneuern müssen, weil sie sich schon verbrauchte (hieß das, dass sich das Offizielle verbrauchte)? Im Wappen? Im Stempel selbst? Hinter ihrem Anschein von Naivität empfand Zollinger diese Fragen als überaus gravierend, und zu ihrer Beantwortung beobachtete er aufmerksam die winzigsten Bewegungen bei der korrekten Ausübung seiner Mission.

Als Erstes öffnete er die Schreibtischschublade, um das Stempelkissen und den schönen Stempel mit dem Bezirkswappen von Appen-Tobel und einem schwer lesbaren Sinnspruch herauszunehmen. Anschließend klappte er das Stempelkissen auf, eine Operation, die er nicht ausführen konnte, ohne seine Finger zu beflecken, und drückte den Stempel auf das kleine Kissen, bis er vollständig mit Farbe getränkt war. Manchmal, wenn niemand zu ihm hinsah, hob der Beamte Zollinger das Stempelkissen an seine Nase und sog begierig und melancholisch den daraus entströmenden intensiven Duft ein, der ihn so sehr an den der Druckerei von Romanshorn erinnerte. Wie er später entdeckte, lag hinten in der Schublade auch ein schwarzes Stempelkissen, das aber leider abgenutzt und ausgetrocknet war. Dann kam der Höhepunkt: den Stempel auf ein Formular zu setzen.

Doch vorher musste er einige Entscheidungen treffen, wie zum Beispiel, auf welche Stelle des Papiers der Stempel gesetzt werden sollte (den oberen Teil, den unteren, an die Seite), in welchem Winkel der Abdruck stehen sollte, wofür es besonders wichtig war, wie man den Stempel hielt, und schließlich – und das war wahrscheinlich das Wesentliche – der genaue Druck, der beim Vorgang des Stempelns ausgeübt werden musste, eine Entscheidung, von der andere abhingen, wie etwa die Höhe, bis zu der er den Stempel über das Papier heben musste, die Geschwindigkeit, mit der der erwähnte Stempel herabfallen musste, und – zuletzt – ob er den Stempel bewegen sollte oder nicht und wenn, wie sehr, sobald dieser die Oberfläche des Dokuments berührt hatte. Alle diese scheinbar banalen Kleinigkeiten unterhielten den Beamten Zollinger mehr Tage, als er es sich hätte träumen lassen. Doch sie lenkten ihn nur so lange ab, bis das Schicksal es jenseits aller Theorie wollte, dass August das wahre Geheimnis seiner Arbeit entdeckte.

Wenn er auf das Papier traf, beobachtete August, machte sein Stempel manchmal »pott« und manchmal »pock«, ohne dass es einen erkennbaren Grund für diesen klanglichen Unterschied gegeben hätte. Die Abweichung war natürlich gering: Der erste und der mittlere Ton klangen gleich. Sie unterschieden sich bloß am Ende – dem Moment, in dem er das Siegel vom Papier löste. Aber diese leichte Abweichung, die die meisten Menschen sicher überhaupt nicht wahrgenommen hätten, war für ihn ganz deutlich hörbar, denn nicht umsonst verbrachte er den ganzen Tag mit dem Stempeln von Dokumenten, ohne je auch nur ansatzweise zuverlässig berechnen zu können, wie viele er pro Tag oder vielleicht pro Woche und pro Monat schaffte. »Pott« und »pock«, das waren die einzigen Töne, die sein Stempel von sich gab, obwohl das »Pott« zweifellos häufiger vorkam, wie August nach einigen Versuchen, auf die er all seine Konzentration verwendete, feststellte.

Mit den ständigen »Potts« und »Pocks« vergingen dem Beamten Zollinger unbemerkt die Stunden, bis er eines Nachmittags, nachdem er Hunderte von Formularen gestempelt hatte – es war ein harter Tag gewesen –, eine Überraschung erlebte, die gefeiert werden musste: Sein Stempel hatte ein anderes Geräusch gemacht. Ja, als er auf das Papier getroffen war, hatte August nicht das gewohnte »Pock« oder das noch üblichere »Pott« vernommen, sondern so etwas wie »Potsch«. »Potsch«, das war definitiv, was diesem Ton am nächsten kam, viel mehr als »Poff« oder »Pox«, Möglichkeiten, die er ebenfalls in Erwägung zog. War es Einbildung gewesen!, fragte sich August, während er seinen Stempel musterte, als könnten die Augen ihm offenbaren, wofür allein die Ohren Kompetenz besaßen. Hatte er vielleicht nicht richtig gehört? Nein, er war sich sicher, aber um keinen Zweifel zu lassen, machte er sich die Mühe und prüfte, ob die Veränderung darauf zurückzuführen war, dass sich unter diesem Formular mehr oder weniger Blätter befanden als sonst. Ob es nun daran lag, dass er den Stempel auf eine bis dato nicht erprobte Weise ergriffen oder ihm eine andere Geschwindigkeit gegeben hatte, oder sogar an der Papierqualität des konkreten Dokuments, das etwas dicker war, jedenfalls hatte der Stempel weder »Pott« noch »Pock« gemacht wie in den ersten Arbeitswochen, sondern »Potsch«. Dieser klangliche Wechsel am Ende – der erste und der mittlere Laut blieben unverändert –, den niemand außer ihm hörte, erfüllte das Herz des Beamten Zollinger mit einem besonderen Glücksgefühl, einem seltsamen, echten, nicht übertragbaren Glücksgefühl. August versuchte nicht einmal, eine Wiederholung des »Potsch« zu erreichen: Ihm genügte es zu wissen, dass sich in seinem Stempel, wie viele Jahre dieser seine Tätigkeit auch schon ausüben mochte, immer neue Töne verbargen und dass er mit seinem feinsinnigen Geist zur Stelle war, um diese ebenso winzigen wie bedeutsamen Geschenke wahrzunehmen und zu empfangen.

Aufgrund seiner nostalgischen Stimmung und des unablässigen Pott, Pott, Pott, das er nicht ausblenden konnte, erinnerte sich August in der Zeit, in der er als Beamter zweiten Grades im Rathaus von Appen-Tobel wirkte, oft an die Klänge und Wörter, die ihm die geheimnisvollen Bäume von St. Heiden geschenkt hatten. So groß war seine Sehnsucht, dass er sich eines Tages, während er einige Formulare stempelte, dabei ertappte, wie er aus dem Pott, Pott, Pott eines der Lieder zusammensetzte, die ihm die klingenden Bäume dargeboten hatten. In der Tat, mit dem Geräusch des Stempels, der wiederholt und rhythmisch auf das Farbkissen und die Blätter geschlagen wurde, ließen sich einige Melodien interpretieren (nicht alle). Das gefiel Zollinger, und so fand er, im Klang des auf das Kissen und die Formulare krachenden Stempels, eine heimliche Quelle der Unterhaltung: ein weiteres der verborgenen Vergnügen, die seine Beschäftigung mit sich brachte.

Das beständige, ungemein schnelle Pott, Pott, Pock, Pott, Pott, Pock, das vom Tisch des neuen Mitarbeiters ausging, war schwer zu überhören, sodass seine Bürogenossen nicht selten einem gebannten August zusahen, der mit Formularen, Stempel und Farbkissen seine eigene Musik erschuf. Ihrem Gesichtsausdruck nach – dachte der junge Beamte, als er sie schließlich bemerkte – war es das Wahrscheinlichste, dass keiner der drei Kollegen, während sie seinen Feuereifer bei der Pflichterfüllung beobachteten, die heimliche, auf so elementaren Instrumenten genial interpretierte Musik des Künstlers Zollinger zu hören vermochte. Das verunsicherte den unerfahrenen Solisten im ersten Moment: Wie jeder Künstler, der noch am Anfang steht, glaubte auch August, dass das Publikum von der Präsentation seines Talentes überwältigt sein würde. Nach einer Vorführung seiner Geschicklichkeit im künstlerischen Gebrauch des Stempels, mit dem er bei dieser Gelegenheit ganz deutlich eine bekannte Melodie von Mozart spielte, blickte der Beamte August seine Kollegen strahlend an und fragte:

»Wisst ihr, was das war?«

Keine Antwort. Da sie ja gehört hatten, wie er abwechselnd den Stempel auf die Formulare und auf das Farbkissen geschlagen hatte, war offensichtlich, dass die zuschauenden Beamten die Melodie nicht erkannt hatten. In ihre bürokratischen Aufgaben versunken, war ihnen die Botschaft des neuen Mitarbeiters entgangen. August wurde traurig und stempelte eine Weile – in der nur von seinem Stempeln und anderen vertrauten Geräuschen unterbrochenen Stille des Büros – in routinierter und dissonanter Weise weiter Formulare. Er stempelte gut, was sonst!, doch wenn er mit Stempel und Farbkissen kein Lied interpretierte, machte es ihm nicht mehr so viel Spaß.

Warum erzählte er seinen Kameraden nicht, was er entdeckt hatte? Er wusste – das hatte er mit der Zeit begriffen –, dass man nicht glücklich sein kann, ohne ein Geheimnis zu haben. Später tröstete er sich mit dem Gedanken, dass vielleicht auch sie, die anderen beiden Beamten zweiten Ranges und selbst jener ersten Ranges – wie ernsthaft er am Anfang auch gewirkt haben mochte – ihre eigenen heimlichen und nicht für andere bestimmten Vergnügen besa-

ßen: das geistige Erbe der fortgesetzten Ausübung ihrer jeweiligen Tätigkeiten.

In den wenigen Wochen, die er als Beamter
zweiten Ranges arbeitete, gewöhnte August
Zollinger sich an, sehr früh zum Rathaus zu
kommen, sogar einige Minuten eher als der Angestellte, der das Gebäude aufschloss, was zur
Folge hatte, dass er an der Tür warten musste. Er stempelte wirklich gern, dagegen konnte
er nichts tun. Die Wartezeit vor dem riesigen,
eindrucksvollen Portal war ihm nicht unange-
nehm. Sein Stolz, für eine derart bedeutende
Institution zu arbeiten, wuchs, je länger er das
majestätische Gebäude bewunderte.

An einem dieser Morgen, während er auf das
Öffnen des Tores wartete, erhielt August die
Nachricht von der Rückkehr seines Vorgängers,
jenes Hallodris, der, seine Frau und seine Kinder ebenso wie seine dienstlichen Pflichten im
Stich lassend, mit der Bäckerin von Appen-Tobel, mit der er ein stürmisches Verhältnis unterhielt, durchgebrannt war. Er kehrte zurück,
ja, aber ohne die Bäckerin – wie man hörte –,
und wollte die kommunale Stelle wiederha-
ben, die er so unüberlegt aufgegeben hatte. Anscheinend kam der Liebhaber zweifach gede-
mütigt heim: zum einen durch das öffentliche
Bekanntwerden seines Geheimnisses, über das
alle pausenlos tuschelten, zum anderen durch
eine peinliche Krankheit, die ihn gegenüber
den Mitbürgern besonders verletzlich machte.

»Ich schäme mich«, sagte er unter leidvollem Schluchzen. »Ich schäme mich sehr.«

Viel mehr aber sagte er nicht.

So groß war der Kummer dieses erst in seiner gesetzlichen und nun auch in seiner ungesetzlichen Beziehung gescheiterten Mannes – es war offenkundig, dass seine Liebesaffäre kein gutes Ende genommen hatte –, dass August jemandem, der schon derart litt, nicht noch neue Ungemach bereiten wollte und ihm in Anbetracht der Sachlage seinen Posten überließ, sobald er vom Wunsch des anderen danach erfuhr. Mit weinerlichem Gesicht setzte sich der ehemalige Beamte an den Tisch, hinter dem August in den letzten Wochen gesessen hatte, und begann, ohne dass ihm jemand etwas gesagt hätte, den Stapel Dokumente zu stempeln, den der Angestellte Zollinger am vorangegangenen Nachmittag aufgeschichtet hatte, um am nächsten Morgen gleich viele hintereinander stempeln zu können, wie er es gern tat.

Wahrscheinlich, dachte August mit diesem Anflug von Melancholie, der ihn seit seiner Kindheit noch in den besten Momenten begleitete, würde weder im Rathaus von Appen-Tobel noch an den Zielorten, an denen die Dokumente eintrafen, irgendjemand bemerken, dass die Siegel auf diesen Schriftstücken von einer unendlich geringeren Qualität waren als die von seiner Hand gestempelten. Aber hieß das, dass seine Sorgfalt und seine Sauberkeit sich nicht gelohnt hatten? Verlor das Werk, das er jetzt hinter sich ließ, seine Schönheit, nur weil es niemanden gab, der sie gesehen und bewundert hätte?

Mit der Feierlichkeit und Schlichtheit der von der Welt verkannten großen Männer verließ August Zollinger seine Formulare (auch sie hatte er begonnen, »seine« zu nennen) in respektvoller und souveräner Haltung, so wie die guten Schriftsteller ihre Romane kurz vor dem Ende zur Seite legen, bloß weil sie sie nicht mehr begeistern. Ohne ein Wort zu sagen, nickte er mit dem Kopf nach rechts – vielleicht zu martialisch –, nach links – diesmal schwächer, womöglich zu schwach – und zuletzt in die Mitte –, dieses Nicken war es schließlich, das ihm so gelang, wie er wollte. Er verabschiedete sich auf diese Weise von Loos, Achim und Julius Weibel, seinen Bürogenossen, deren Blicke – streng, ängstlich, aufmunternd – ihren Charakter perfekt widerspiegelten – bestimmt viel deutlicher, als sie gedacht oder gewünscht hätten. Schweigsam und ohne dem Melodrama Raum zu geben – das, vermutete er, ihn später in der vertrauten Gestalt der Nostalgie heimsuchen würde –, drehte August sich um und verließ die Amtsstube, in der er in den letzten sieben Wochen die verborgene Musik der Dinge entdeckt hatte.

Während er rasch, die Hände in den Hosentaschen, die Treppen hinunterlief, hatte er noch Zeit zu trällern: »Pock, pock, pock …«, den geliebten Klang seines Stempels imitierend, der für ihn jetzt unerreichbar war. Dann auf dem zweiten Treppenabschnitt: »Pott, pott, pott...« Und schließlich, auf der letzten Stufe, wie bei jenem Mal, das er nie wieder vergessen würde: »Potsch.« August Zollinger war sich sicher, dass eine weitere Phase seines Lebens zu Ende gegangen war.

Abermals ohne Beruf, schlenderte August
Zollinger durch die belebten, glitzernden
Straßen von Appen-Tobel, in denen die Menschen geschäftig hin und her eilten. Als er sah,
wie die Männer aufgeregt diskutierten, als gin-
ge es um ihr Leben, und die Frauen sich im
Bewusstsein, dass sie beobachtet wurden, beim
Gehen in den Hüften wiegten, beschloss der
arbeitslose Zollinger, noch etwas länger in diesem Ort zu bleiben. Sein Herz spürte keine
Traurigkeit, die es doch eigentlich wegen des
ungerechten Verlustes seiner Stelle hätte emp-
finden müssen. Wie in dem Moment, als er seinen Freund Klopstock umarmt und das dritte
Kavalleriebataillon verlassen hatte und voller
Freude in den Wald von St. Heiden hineinge-
laufen war, fühlte er sich auch jetzt leicht und
beschwingt wie ein junger Bursche. Über ihm
drohte keine finstere Nacht in einem sagenumwobenen Wald wie damals, sondern es zeigte
sich ein strahlender Tag in einer bekannten,
brodelnden Stadt, in der eine gleißende Sonne schien. Da bemerkte er plötzlich die vielen

Spektakel auf der Straße, die sich ihm vermutlich täglich dargeboten hatten, wenn er zum Rathaus ging, die er aber erst jetzt, ohne eine Anstellung, wahrnehmen konnte.

Er sah zum Beispiel eine Ladentür aufgehen, als hätte sie sich nie zuvor geöffnet, und eine Frau, die laut rief und die Welt mit dem Wunder ihrer Stimme überraschte. Er sah ein langes weibliches Bein in einem Strumpf, das aus einem Fahrzeug stieg, und ein Kind, das in dem Moment zu weinen anfing, in dem sein Geschwisterchen neben ihm damit aufhörte, und einen bunten Ball, der durch die Luft flog, ohne dass er erraten konnte, wer ihn geworfen hatte. Auch einen Hund sah er, der zwischen den Gitterstäben einer Terrasse hervorlugte, als wäre er der einzige Bewohner des Hauses, und einen Balkon mit vielen Blumen und einen anderen mit wenigen und einen dritten ganz ohne, hinter dem zweifellos vor einiger Zeit jemand gestorben war. Und schließlich sah er einen Mann in dem Moment, in dem er eine Frau betrachtete, und eine Frau, die wusste, dass dieser Mann sie in diesem Moment betrachtete.

Über all die Gaben staunend, mit denen das Leben ihn beschenkte – denn es war das Leben –, wunderte August sich, dass das Obst auf dem Markt so viele Farben hatte, dass ein Fahrrad rollte (war das nicht wirklich wunderbar?) und dass eine Jalousie hochgezogen wurde und ein Fenster sich öffnete, ohne dass jemand heraussah. Alle diese Wunder waren immer da gewesen, direkt vor seinen Augen: ein alter Mann, der Selbstgespräche führte und sogar lachte, und der Laufbursche mit seinem Karren und ein junger Mann, der sich eine Zigarette anzündete, und ein älterer, der die wegwarf, die eben noch zwischen seinen Lippen gehangen hatte. Und eine diebische Hand, die in eine fremde Tasche glitt, und eine andere, weibliche Hand, die heimlich die des Geliebten drückte.

Die Hauptstraße verlassend, auf der er sich bis dahin bewegt hatte, stieß August auf eine schmale Gasse, die wegen ihrer düsteren Abgeschiedenheit zu einer anderen Stadt zu gehören schien. Man hörte nur das ferne Schlagen eines Hammers, und das war es, was ihn bis zu einem kleinen Laden lockte, in dessen Schaufenster eine Unzahl an Einlegesohlen, Schuhcremes in den lebhaftesten Farben und eine lange Reihe Absätze für Damenschuhe, sorgfältig der Größe nach geordnet, zu sehen waren. Unter einem großen Schild, das den Namen des Besitzers verkündete - »Schuhmacherei Schneider« -, konnte man auf einem Zettel lesen: »Lehrling gesucht«. Es fiel ihm auf, dass der Schuster ausgerechnet Schneider hieß, und er meinte, auch wenn es bloß zum Ausgleich geschähe, dass es doch gerecht wäre, wenn der Schneider des Ortes Schuster hieße. Er schob einen Vorhang beiseite und schlüpfte ins Innere, wozu er drei, wegen ihrer ungewöhnlichen Höhe mühsame und gefährliche Stufen hinabsteigen musste.

Die Wände der kleinen Schusterei waren mit einer endlosen Reihe von Taschen verkleidet, aus denen, einer Armee gleich, die Spitzen von mehreren hundert Schuhen lugten, die darauf warteten, repariert zu werden, oder vielleicht nur vor dem Wegwerfen zwischengelagert wurden. Es gab alle Arten von Schuhen: männliche und weibliche, obwohl Letztere deutlich in der Überzahl waren, schwarze, braune und sogar rote. Es gab Stiefel für das Militär und solche für den Regen, Sandalen, Turnschuhe, Leinenschuhe, neue und alte Schuhe, hässliche und hübsche, plumpe und elegante, Lackschuhe und Lederschuhe, mit Riemchen oder Schnürsenkeln, mit runder, dreieckiger und quadratischer Spitze, innen verstärkte oder unverstärkte, saubere und schmutzige, Arbeitsschuhe und Sonntagsschuhe ...

»Wollen Sie für mich arbeiten?«

Bevor er antworten konnte, streckte der alte Schuster, der ihn angeredet hatte, seine spitze, feuchte Zunge aus dem Mund, um sie gleich darauf wieder verschwinden zu lassen, eine Übung, die er dreimal wiederholte, Zollinger schwer beeindruckend, der nicht wusste, wie er diese Geste deuten sollte. Die Brille auf der Nasenspitze, saß der Schuster Schneider auf einem ungewöhnlich kleinen Stuhl hinter einem Ladentisch, der sehr viel niedriger war, als es üblich oder angenehm gewesen wäre. Wegen dieser tiefen Position und weil August noch nicht die letzte Stufe hinabgestiegen war, die mindestens doppelt so hoch war wie eine normale Stufe, wirkte der zusammengekauerte Alte mit dem gleichfalls sehr kleinen Hammer in der Hand und einem aufrecht zwischen die Beine geklemmten Schuh ausgesprochen hilflos auf ihn.

»Ich ...«, murmelte August zögernd.

Während er den Mund öffnete und seine mitleiderregenden Zähne zeigte, hob der Schuster den Kopf, um den Besucher besser erkennen zu können. Der Widerschein seiner Brillengläser leuchtete August ins Gesicht.

»Wenn Sie nichts dagegen haben«, antwortete August schließlich, vom starken Geruch nach Schuhcreme betört.

»Ha!«, stieß der Alte hervor und ließ abermals sein schwärzliches Gebiss sehen. Dabei nagelte er weiter die Sohle an den zwischen seinen Knien klemmenden Schuh.

Die Äußerung war ein Lachen gewesen, jedenfalls vermutete August das, den die Situation verwirrte und beängstigte. Ein winziger Nagel hing im rechten Mundwinkel des Alten. Fast unverständlich fragte der Schuster Schneider mit dem linken Mundwinkel:

»Kennen Sie sich aus?«

August schüttelte den Kopf.

»Die Hände!«, verlangte der Alte, jetzt mit dem rechten Mundwinkel, denn der Nagel war geschickt und schnell in den linken Mundwinkel gewandert, wo er sich beim Sprechen bewegte.

Kaum hatte August seine großen Hände ausgestreckt, nahm der Schuster sie in seine, die sehr alt waren, klein und faltig, um sie gründlich zu untersuchen. Das dauerte mehrere Minuten. Der Schuster prüfte jeden Finger, die Handflächen und sogar die Biegsamkeit der Handgelenke. Aus seiner langjährigen Praxis versuchte er zu beurteilen, ob diese unerfahrenen Hände eines Tages mit seinen Schuhen würden umgehen können.

Während er die mit Schuhcreme beschmierten Hände des Alten betrachtete, musste August an die von Vater Staufer, dem Drucker, denken, die stets mit Farbe befleckt gewesen waren. Dann richtete er den Blick auf seine eigenen. Ihm wurde klar, wie sehr seine Hände sich verwandelt hatten – in die eines Eisenbahners, der Weichen stellte, in die eines Soldaten, der ein Gewehr trug, eines Einsiedlers, der Körbe flocht, eines Beamten, der Siegel stempelte, und endlich, wenn das Schicksal ihm wohlgesinnt war, in die eines Schusterlehrlings. Er musterte seine faltigen, vor der Zeit gealterten Hände und erkannte in ihnen die des alten Druckers von Romanshorn wieder, die sich ihm unauslöschlich in sein kindliches Gedächtnis gegraben hatten. Da spürte er angesichts seiner schwieligen Hände ein eindeutiges Gefühl von Stolz: Er war ein Arbeiter.

Ohne den kleinen Nagel zwischen den Lippen – August wusste nicht, was aus ihm geworden war – setzte Schneider sich wieder auf sein

Stühlchen. Aber erst als er den Schuh, an dem er arbeitete, erneut zwischen seine Knie geklemmt hatte und der Nagel wieder in seinem rechten Mundwinkel aufgetaucht war, sagte er:

»Wir probieren es.«

Und mit der Spitze des Schuhs in seiner Hand wies er auf ein anderes Stühlchen, das wenige Meter entfernt stand, und forderte Zollinger auf, sogleich anzufangen.

Der alte Tobias Schneider, Eigentümer der Schuhmacherei von Appen-Tobel und Schuster in vierter Generation, beobachtete zufrieden die Fortschritte seines reifen Lehrlings, dem alle in der Stadt mit zunehmender Gewogenheit begegneten und dem schon mehr als eine Frau ein Angebot gemacht hatte. Doch August hatte nur Augen für die Schuhe, die er mit so viel Freude und Sorgfalt in Ordnung brachte, als wäre er dafür geboren. Er wurde nicht müde, sie zu betrachten, und rettete sogar den einen oder anderen, der bereits unbrauchbar schien, aus dem Müll.

Dem neuen Anwärter nach – Schneider hatte schon einige gehabt – konnte man allein aus der Betrachtung eines Schuhs viel über die Seele seines Trägers oder seiner Trägerin erraten. Tatsächlich gewöhnte August sich in dieser Zeit an, mit gesenktem Blick durch die Stadt zu gehen, denn er meinte, er könne aus den Schuhen mehr über einen Menschen als aus seinem Gesicht erfahren. Er begründete das damit, dass die Schuhe durch den Gang ihrer Besitzer beschädigt würden und dass die Art zu gehen normalerweise auch die Persönlichkeit repräsentiere. Mit anderen Worten: Ein Schuh war für den Schuster Zollinger wie ein Spiegel. Und deshalb putzte er ihn, bis sein Gesicht in ihm zu sehen war.

In den ersten Wochen in der Schuhmacherei war es üblich, dass Meister Schneider die Kunden hinter dem Ladentisch empfing und die Ware entgegennahm, um sie später an den im Hinterzimmer arbeitenden Lehrling Zollinger weiterzureichen. Auf diese Weise gewöhnte August sich an, erst auf die Schuhe und dann auf das Gesicht zu sehen, eine Angewohnheit, die er auch außerhalb der Arbeitszeit beibehielt. Wenn er etwa aus Schneiders Händen eine Sandale oder einen Damenstiefel entgegennahm, fragte August sich unausweichlich, wer wohl der Bauer sein mochte, der diese Sandale trug, oder wer die Besitzerin des Stiefels. So wie er in den ersten Tagen in der Schusterei, wenn er es sich vornahm, die Schuhe eines Menschen an seinem Gesicht hatte erraten können, konnte er jetzt mit absoluter Sicherheit vom Schuhwerk auf das Gesicht schließen. Es war unglaublich – sagte sich der vergnügte Lehrling –, wie viel man über die Leute allein anhand ihrer Schuhe erfuhr, die sie leichtsinnig, wie sie waren, in seiner Werkstatt ließen.

Die Dinge änderten sich in einer zweiten Phase, als der alte Schuhmacher unter dem

Druck der Kundschaft kein anderes Mittel fand, als August selbst hinter die Ladentheke zu setzen, damit er die Besucher bediente. In dieser ruhmreichen Epoche stellte der Schuster Zollinger ein ums andere Mal befriedigt fest, wie selten seine Vorhersagen sich als falsch erwiesen und wie viel man über den Menschen auf der Grundlage eines simplen Schuhs herausfinden kann, wie stumm oder neutral er einem Laien auch erscheinen mag. Denn es handelte sich nicht bloß darum zu schlussfolgern, dass die Besitzerin dieses schmalen Stöckelschuhs alt oder jung, dick oder schlank, reich oder arm war ... Das war leicht. Schwerer war es, Charakterzüge zum Beispiel aus der Art der Riemchen abzuleiten oder aus der Abnutzung einer Schuhspitze oder gar aus der unendlichen Vielfalt an Schnürsenkeln, die herauszunehmen die Kunden zu seiner Freude oft vergaßen und dadurch eine kostbare Spur ihrer Persönlichkeit hinterließen.

Ob er die Leute nun anhand ihrer Schuhe erkannte oder nicht, am Ende gestand August sich ein, dass er am liebsten nicht mehr nur das Schuhwerk seiner Kunden gesehen hätte – so beredt dieses war –, sondern ihre Füße, denn er war überzeugt, dass die Füße der Menschen ihre tiefsten Geheimnisse spiegelten. Aber er äußerte diesen Wunsch erst viel später, als er sich mit der für ihn typischen Strenge und Hartnäckigkeit dem Thema widmete, wie man aus der Form, die der Schuh nach Monaten oder gar

Jahren des Gehens und der Abnutzung ange-
nommen hatte, auf den Fuß schließen konnte.

Eine Sache, die dem frischgebackenen Lehrling Zollinger an seinem Beruf besonders gefiel, mehr noch als Schuhe auszubessern und
zu nähen, war es, sie blank zu putzen. In der
Tat verbrachte August einen großen Teil des Tages damit, das Schuhwerk, das in seine Hände
gelangte, zum Glänzen zu bringen. Die Perfektion, mit der er diese Aufgabe erledigte, war so
groß, dass die von ihm polierten Schuhe nicht
nur am längsten den Glanz bewahrten, sondern überhaupt am meisten glänzten. Durch
die Kombination verschiedener Polituren verhinderte Zollinger, dass die Originalfarbe ver-
lorenging – was die Besitzer verärgern konnte –, und erzielte einen so ungewöhnlichen
und einzigartigen Glanz, dass er schließlich in
Ermangelung eines anderen Namens »Zollin-
ger-Glanz« genannt wurde. Seit er in der alten
Schusterwerkstatt angefangen hatte, gab es daher in der Gemeinde Appen-Tobel nicht wenige Leute, die stolz ihre glänzenden Schuhe
vorführten. Ohne Übertreibung lässt sich be-
haupten, dass der Schuster Zollinger nicht nur
die Art und Weise veränderte, wie Schuhe im
Ort getragen wurden, sondern auch, wie man
ging, und damit das gesamte Wesen. In Wahrheit hatte nicht einmal August geglaubt, dass
gute und schöne Schuhe eine solche Bedeutung haben könnten.

Meister August – wie man ihn wegen seiner praktischen Fähigkeiten zu nennen begann – genoss nicht nur die Arbeit selbst, sondern auch den Augenblick, wenn er die Schuhe ihren Eigentümern übergab. Bis zu diesem Moment hielt er den Auftrag nicht wirklich für beendet. Der Meister Zollinger freute sich über den Gesichtsausdruck seiner Kunden, wenn sie ihre Schuhe zurückbekamen und sie vor lauter Ungeduld bisweilen gleich anprobierten.

»Wie gut sie geworden sind!«, meinten viele und drehten die Schuhe hin und her, um ihren Glanz zu bewundern.

Oder:

»Die sind ja wie neu!«

Oder sogar:

»Sind Sie sicher, dass das die Schuhe sind, die ich Ihnen gebracht habe?«

Was *Meister August* – oder *August Meister*, wie einige auch sagten – Vergnügen bereitete, war nicht allein die wachsende Übereinstimmung zwischen seinen fachmännischen Vorhersagen und dem tatsächlichen Gesicht der Schuhbesitzer, sondern die anerkennenden und bewundernden Worte, mit denen ihn die guten Leute beschenkten, bevor sie die Kosten der Reparatur beglichen. Je stärker der Glanz war, den er den Schuhen verliehen hatte, desto größer war auch die Begeisterung, die in ihren Gesichtern aufleuchtete. Nur einmal wunderte sich der neue *Meister*, als er sah, dass die Gesichtszüge der Frau, die ein Paar Stiefeletten an der

Ladentheke entgegennahm, nicht denen entsprachen, die er sich vorgestellt hatte. Es dauerte jedoch nicht lange, bis er herausfand, dass die junge Frau gar nicht die rechtmäßige Herrin der Stiefeletten war, bei deren Reparatur er so viel über die Seele ihrer Besitzerin gelernt hatte.

Alles, was die Einwohner Appen-Tobels vom Eifer und von der Grazie, mit denen August Dokumente stempelte, nicht zu sehen gewusst hatten, schätzten sie jetzt in der Welt der Schuhe. Ja, die Anerkennung, die dem Beamten Zollinger verweigert worden war, erntete er nun überreichlich in der Schusterei Schneider, dem Ort, an dem ihm seine bewundernswerte handwerkliche Geschicklichkeit den gerechten Ruhm eintrug. Und der auch sein Schicksal ändern sollte, mindestens ebenso, wie der Wald von St. Heiden und die weit zurückliegende Eisenbahn von Rosenwohl es geändert hatten, deren Pfeifen er in manchen Nächten noch immer hörte.

In der Tat, so groß war die Brillanz und Sorgfalt, mit der August das Schuhwerk polierte und aufarbeitete – ohne dass jemand hätte entscheiden können, was er besser machte: aufarbeiten oder polieren –, dass alle im Bezirk Appen-Tobel und später auch in anderen Bezirken wollten, dass er und nur er es war, der ihre Schuhe (und andere Gegenstände aus Leder wie Taschen und Portemonnaies) reparierte und blank putzte. Bis August Zollinger in Appen-Tobel anfing, Schuhe auszubessern und zu polieren, hatte niemand allzu großen Wert darauf gelegt, ob er mehr oder weniger glänzende oder gutaussehende Schuhe trug. Doch der Gegensatz zwischen den von ihm polierten Schuhen und denen, die ein anderer, und sei es ein hauptberuflicher Schuster, geputzt hatte, war zu groß, als dass man den Unterschied nicht bemerkt hätte.

»Was für glänzende Schuhe du hast!«, sagten die Einwohner von Appen-Tobel zueinander und freuten sich natürlich in höchstem Maße, solche Kommentare zu hören.

»Schneiders neuer Lehrling hat sie mir geputzt, ein gewisser Zolliger«, redeten sie über ihn, seinen Nachnamen entstellend.

Denn bis er wirklich für die Perfektion seiner Reparaturen und den unvergleichlichen Glanz berühmt war, den seine Bürsten dem Leder entlocken konnten, nannte man Zollinger Zolliger, aber auch Zollitzer – Fehler, die sich eine ganze Weile verbreiteten –, und man verwechselte sogar seinen Vornamen und nannte ihn Albert statt August – was den Betroffenen außerordentlich amüsierte, da sein Vater so geheißen hatte. Wie dem auch sei, es gab nur wenige in Appen-Tobel, die nicht den Schuster aufsuchten, um sich hinterher ihrer Schuhe zu brüsten. Wenige auch, die nicht erfuhren, wie sehr dieser fabelhafte Schuster sich gewünscht hatte, der Drucker seines Heimatortes Romanshorn zu werden.

Fragte man ihn, warum er seine ersehnte Druckerei nicht in Appen-Tobel eröffnet habe – oder in Rosenwohl, bevor er die Stelle bei der Eisenbahn annahm –, antwortete August stets, eine verborgene Stimme in seinem Innern halte ihn an, geduldig zu sein und auf bessere Zeiten zu warten. Außerdem versicherte er, seinen unklaren Wunsch nach Entschädigung und Genugtuung für die empfangenen Drohungen längst aufgegeben zu haben. Die Einschüchterung, deren Opfer er gewesen sei, habe er verziehen.

Wie zu erwarten, gelangte der Ruhm des neuen Schusters von Appen-Tobel auch nach Romanshorn, und von dort wie aus zahlreichen anderen Orten eilten viele, sei es aus Neugier, sei es, weil sie wirklich eine Schuhreparatur brauchten, herbei, um ihn zu sehen und ihm nach all den Jahren Guten Tag zu sagen.

»Wo bist du gewesen?«, fragten sie ihn.

»Was hast du die ganze Zeit gemacht?«

Da er bei der Arbeit keine Stille benötigte, unterhielt sich August, während er eine Sohle annagelte oder einen Flicken mit Leim bestrich, nach Belieben mit seinen früheren Nachbarn, gegen die er ja nichts hatte. Nicht einmal gegen Rudolf Staufer hegte er Groll, obwohl er reichlich Grund dazu gehabt hätte. Aus den Gesprächen erfuhr er, dass dessen Vater, der echte und eigentliche Drucker von Romanshorn, zwei Jahre zuvor gestorben war, und empfand Trauer um ihn, von dem er so viel über das Druckerhandwerk gelernt hatte. Doch August war einfach glücklich in seiner Schusterwerkstatt, und weil er so glücklich war, kamen ihm die vergangenen Streitigkeiten tatsächlich sehr vergangen, ja, fast lächerlich vor.

»Er ist aus Romanshorn«, sagten seine ehemaligen Mitbürger stolz.

»Er ist bei uns aufgewachsen«, wiederholten sie ein ums andere Mal und zeigten sich gegenseitig die von August geputzten Schuhe.

War die akustische Welt der Stempel ihm angenehm gewesen, so war die, die ihm jetzt die Schuhe boten, unendlich reicher und verblüffender: Die Sohlen etwa machten ein besonderes Geräusch, wenn man sie gegeneinander oder auf den Boden schlug. Dann gab es die Absätze der Damenschuhe, deren Klang mit dem Material, aus dem sie bestanden, aber auch mit ihrer größeren oder geringeren Höhe zusammenhing. Und es gab das unglaubliche Universum der Bürsten – große, kleine, kurze, lange, jede mit ihrer spezifischen Funktion – sowie die enorme Vielfalt der Cremes und Polituren, die man mit ihnen verreiben konnte und deren Geruch, genau wie der seiner Stempelfarbe bei der Arbeit im Büro, den Schuster Zollinger berauschte.

Die Bürsten gefielen August sehr, außerordentlich, und zwar, weil er auch mit ihnen seine heimlichen Lieder spielen konnte: jene, die ihm die Bäume von St. Heiden geschenkt hatten, oder jene, die er wie ein wahrer Künstler dem tauben Publikum seiner Amtsstube dargeboten hatte. Da die anderen die Melodien, die er beim Schuheputzen mit seinen Bürsten interpretierte, nicht hörten, verstand keiner, warum er so glücklich war.

Nie war er so vergnügt gewesen wie in der Schusterwerkstatt, die in sich alle Genüsse vereinte: den Klang, den Geruch, die Berührung ... Aber warum war er so zufrieden, wenn er letztlich, ungeachtet der Größe seines Ruhms, nichts war als ein Flickschuster? Dies war nicht sein Beruf – das wusste er –, und trotzdem fühlte er sich wohl inmitten seiner Schuhe (er hatte sich angewöhnt, sie als seine zu bezeichnen, obwohl sie ihm nicht gehörten). Er hatte sie liebgewonnen! Ja, Zuneigung für Schuhe, so seltsam es denen erscheinen mag, die nie Liebe zu den Dingen verspürt haben. Denn in seiner Einfachheit, in seiner banalen Schlichtheit konnte auch ein Schuh (warum nicht?) geliebt werden: wegen seiner Farbe, wegen seiner Form, wegen der Falten, die langsam sein Leder furchen und den Gebrauch und das Vergehen der Zeit bezeugen. Man konnte die Schuhe lieben, weil sie von den Menschen »sprachen«, die sie trugen, weil sie aufgereiht an eine Armee erinnerten oder weil sie einzeln, ohne ihren Partner, Mitleid erregten. All das – August war es bewusst – mochte jemandem, der die Schuhe nicht so sah wie er, kindisch erscheinen.

Aber dann – überlegte August und hörte auf zu hämmern –, dann konnte auch der Schreiner seine Tische und Stühle lieben. Und der Milchbauer – grübelte er weiter – seine Kühe und der Schmied den Amboss. Auch der Gemüsegärtner musste seinen Garten lieben – er musste es, wenn er glücklich sein wollte. Wahrscheinlich, überlegte August, liebte die Müllerin die Mühle: das Wasser, das unter ihr floss, die Flügel, die sich im Wind drehten, die Säcke mit dem weißen Mehl. Wenn das, was er dachte, zutraf – so schloss er –, wenn es stimmte, dass der Schneider die Kleidungsstücke liebte und der Steinmetz die Steine, wenn es stimmte, dass alle diese Männer und Frauen in der Ausübung ihrer Berufe ein Geheimnis verbargen (so wie nur er die Musik seiner Schuhe hörte, wenn er sie mit seinen Bürsten rieb), warum sollte er dann nicht seine Schuhe lieben können? Wer durfte ihm diese Liebe verwehren?

August Zollinger liebte die Schuhe, wie sie nie zuvor jemand geliebt hatte. Deshalb wurde er der angesehenste Schuster des Landes, vielleicht der beste aller Zeiten.

Der Schuster Schneider, hochzufrieden mit der unverhofften Wendung seines Schicksals, konnte eines Morgens kaum glauben, was seine Augen sahen: eine Gruppe von Bürgern, die zu einer Schlange aufgereiht auf das Öffnen seiner Werkstatt warteten. In seine Schusterei kamen nicht mehr nur die üblichen Kunden aus

Appen-Tobel – deren Schuhe ungewöhnlich oft kaputtzugehen schienen –, sondern Leute aus anderen, zum Teil weit entfernten Orten. Derartig war die Könnerschaft des begabten Lehrlings nicht allein bei der Reparatur von Schuhen, sondern auch bei ihrem Polieren, dass sämtliche Einwohner von Schlossfeld, Neuenfels, Kreuzbaden und Dorsten wollten, dass August und kein anderer ihre Schuhe in Ordnung brachte. Ihr Wunsch war verständlich: Ein Schuh, den der *Meister* repariert hatte, hielt ewig. Und weil sie besser, entspannter liefen, waren die Leute glücklicher. Mehr noch: Sie fingen an, nur noch Schuhe zu tragen, die Zollinger selbst hergestellt hatte, sodass er die Nachfrage irgendwann nicht mehr befriedigen konnte. Niemanden überraschte es darum, dass – ohne den Bankrott der erfolgreichen Kommanditgesellschaft Schneider-Zollinger – in Appen-Tobel bald eine zweite Schusterei eröffnete und wenig später eine dritte in Schlossfeld, wo man besonders neidisch auf den Wohlstand des Nachbarortes war, und eine vierte, die größte von allen, in der Stadt Klagenberg, wo die Aussichten für das Geschäft äußerst vielversprechend waren.

Nach kurzer Zeit war es *Meister August* selbst, der die neuen Lehrlinge verpflichtete und sie, nachdem er ihre Hände untersucht hatte – wie er es vom alten Schneider gelernt hatte –, einer noch extravaganteren Prüfung unterzog: Er zeigte ihnen einige Schuhe, damit sie, von ihnen ausgehend, die Gesichter der jeweiligen

Besitzer errieten. Nie wieder sollte Zollinger den Tag vergessen, an dem er bei der Ankunft eines neuen Bewerbers, eine Sohle zwischen die Knie geklemmt und einen kleinen Nagel im rechten Mundwinkel hängend, murmelte:

»Wollen Sie für mich arbeiten?«

Und dann:

»Die Hände!«

So geschah es, dass Zollinger allmählich ein Vermögen anzuhäufen begann, aber gleichzeitig auch seinen alten Plan, der Drucker von Romanshorn zu werden, vergaß oder zumindest aufhörte, von der Druckerei mit ihren hohen Decken und dem fahlen Licht zu träumen. In Appen-Tobel, inmitten seiner Schuhe, war August sesshaft geworden. Alle prophezeiten ihm eine großartige Zukunft, vor allem nach dem Tod des Namensgebers der Werkstatt, seines Beschützers Tobias, der ihm, da er keine Kinder hatte und wusste, dass er den Erfolg seines Unternehmens allein seinem erfahrenen Lehrling verdankte, das gesamte Geschäft vererbte. Und so kam es, dass der Mann, der einst Angestellter der Eisenbahn und Beamter gewesen war, zum Eigentümer eines florierenden Geschäfts wurde, das in seinen Händen noch viel mehr aufblühte, als irgendjemand es erwartet hätte. Aber so geschah es auch, dass August Zollinger begriff, dass er seinen Traum verraten hatte und dass er deshalb, fast ohne es zu merken, immer weniger glücklich war.

Die vielen Lehren, die die Wanderungen August Zollingers in sich bergen, sowie der Reiz und die Einfachheit seines unsteten Lebens machten mir gleich Lust, alle Ereignisse aufzuzeichnen, die mir eines Tages jener Mann erzählte, der Eisenbahner in Rosenwohl, Trinker des dritten Kavalleriebataillons, Einsiedler in St. Heiden, namenloser Beamter zweiten Ranges und namhafter Schuster von Appen-Tobel gewesen war und zuletzt – denn so stand es geschrieben – Drucker von Romanshorn wurde. Zollinger selbst war es, der mir seine Geschichte erzählte. Ein Bierglas in der Hand, sagte er zu mir:

»Schreiben Sie sie auf, ich werde sie irgendwann drucken.«

In Kürze, wenn ich ihren Schluss verfasst habe, wird sie beendet sein. Und bald werde ich sie August zukommen lassen, damit er sie druckt, wie wir es vereinbart haben.

Über seinen erklärten Willen hinaus, der meine Aufgabe als Erzähler rechtfertigt und trägt, war das, was mich wirklich dazu bewog, an die Arbeit zu gehen, die Überzeugung, dass August Zollinger (und ich übersehe nicht, dass die Anfangsbuchstaben seines Vor- und seines Nachnamens der erste und der letzte Buchstabe des Alphabets sind) in gewissem Sinne für jeden von uns steht. Ja, auch in meinem Leben – ich bekenne es – gibt es einen Ferdinand und eine mehr oder weniger heimliche Magdalena und ein paar Gefährten, mit denen ich eine Weile gewandert bin und gesungen habe, und ein Schicksal – das ist vielleicht das Wesentliche –, das mir Leid und Freude bereitet. Das ist der Grund, warum ich mich am Ende entschloss, die Feder zu ergreifen. Ich hoffe nur – dies ja –, meinem Freund Zollinger gerecht geworden zu sein, etwas, das den Worten selten gelingt angesichts der Schönheit und Überfülle des Lebens.

Es bleibt nur zu sagen, dass weder die guten Geschäfte der Schusterei noch die Berühmtheit und der Wohlstand, derer er sich in jener Epoche erfreute, August an der Einsicht hinderten, dass das Schuhmacherhandwerk nicht sein Beruf war. Aber warum sollte er es nicht werden?, fragte man ihn. Er konnte es nicht erklären, er wusste einfach, dass er dazu geboren war, der Drucker von Romanshorn zu sein. Das schien zu genügen. Nun, da er an sein Ziel gelangte – das glaubte er zumindest –, durfte er die innere Stimme nicht verraten, die er als Kind gehört hatte. Selbst wenn er auf das verzichten musste, was ihm Freude machte – auf das, worin er Anerkennung gefunden hatte –, wollte er sich beweisen, dass er in der Lage war, seinen alten Traum zu verwirklichen. Weder die Liebe noch die Freundschaft, weder das Land noch die Stadt, weder der Ruhm noch das Geld konnten ihn von seinem Schicksal abbringen. Und dies geschah so, wie ich es berichten werde.

Zu Augusts wachsendem wirtschaftlichen Wohlstand gesellte sich eine Nachricht, die, obwohl an sich traurig, für ihn sehr günstig war und ihn ermutigte, sein Dasein in der Weise auszurichten, wie er es sich vor dem Beginn seiner »Lehrjahre« (so nannte er sie) gewünscht hatte. Sein ehemaliger Mitschüler Rudolf Staufer – jener, der ihn mit seinen Angebereien und Drohungen aus der Heimat vertrieben und verhindert hatte, dass er in Romanshorn eine zweite Druckerei gründete – war nach langer, schmerzhafter Krankheit gestorben. Doch damit endete die Nachricht noch nicht, die man ihm ausdrücklich aus seinem geliebten Dorf brachte, jetzt, da alle wussten, wie gut ihm die Geschäfte von der Hand gingen.

Gaspare Naldi – mit dem der Sohn des alten Staufer sich in der Leitung der Druckerei zusammengeschlossen hatte – war ebenfalls gestorben und kurioserweise am selben Tag wie sein Partner Rudolf. Auf dem Weg zur Druckerei – in der man mit aller Feierlichkeit den Sarg des unglücklichen Rudolf aufgestellt hatte – fing Gaspare an, sich unwohl zu fühlen, und kam kreidebleich und in sehr schlechtem Zustand bei der Totenwache an. In Ermangelung eines anderen Platzes legte man ihn auf einen der großen Tische, an denen er so oft gearbeitet hatte, und ebendort starb er wenige Minuten später an einem Herzinfarkt. Niemand konnte etwas dagegen tun. Er starb genau an dem Ort, an dem er gearbeitet hatte, und neben jenem, der in den letzten sieben Jahren, das heißt seit Zollingers unfreiwilligem Aufbruch ins Exil, sein Geschäftspartner gewesen war. Verständlicherweise hatten die Anwesenden keinen zweiten Sarg vorbereitet, weshalb man den Leichnam so aufbahren musste, neben dem von Staufer. Da sie im Leben vereint gewesen waren, sollten Rudolf und Gaspare es, in unübertrefflicher Schicksalsgemeinschaft, auch im Tod sein. Alle ahnten, dass dieser doppelte Todesfall eine düstere Bedeutung besaß.

Also packte August Zollinger seinen Ranzen und wanderte nach Romanshorn, wo er sechs Jahre und neun Monate nicht mehr gewesen war: Aufgebrochen war er im Alter von siebenundzwanzig Jahren, jetzt, da er zurückkehrte, war er dreiunddreißig.

Als August die alte Druckerei der Staufers – die er zu einem moderaten Preis erworben hatte – wieder betrat, setzte er sich in dieselbe Ecke, in der er als Junge vor fünfundzwanzig Jahren immer gesessen hatte.

Und als er feststellte, dass seine Beine nicht mehr wie früher von dem Hocker herunterbaumelten, wurde ihm bewusst, wie viel Zeit vergangen war, und auch, wie schwer es ist, die einfachsten Dinge zu erreichen. Er blickte zu der hohen, inzwischen abgeblätterten Decke hinauf, an der wie absurde Auswüchse jene Lampen hingen, die einst ein fahles Licht gespendet hatten.

Er schloss die Augen und atmete tief ein. Obwohl in der Druckerei seit mehreren Monaten nicht gearbeitet wurde, war das Aroma seiner Kindheit immer noch spürbar, so als hätte an diesem Ort alles außer dem Geruch verschwinden können. Da verstand er, dass dieser Geruch kein anderer war als der seines eigenen Schicksals.

August näherte sich der Wand, an der die riesigen Papierrollen befestigt waren, die so viele seiner jugendlichen Träume geprägt hatten. Er drehte an einer Rolle, und während sich das Papier bis zum Boden abwickelte, hörte er:

»Ffffffffffff…«

Er probierte es erneut, diesmal mit mehr Kraft. Die Rolle drehte sich schneller, und das Papier glitt herab, bis es sich auf dem Fliesenboden türmte.

»Fffffffffffffffffffffffffffffff…«

»Ferdinand?«, fragte August und erinnerte sich an den Ferdinand-Baum und an die Gesellschaft, die der Soldat Klopstock ihm in den weit zurückliegenden Tagen beim Regiment geleistet hatte.

»Fffffffffffffff…«, schnurrte das Papier wieder, unfähig, das Wort »Ferdinand« auszusprechen, wie es der Baum in St. Heiden getan hatte, andererseits aber sehr geschickt darin, in Augusts Herz dieselben Gefühle zu wecken wie jener.

»Ferdinand?«, fragte August abermals.

Wen fragte er das? Erwartete er etwa, dass die Papierrollen seiner alten Druckerei zu ihm sprachen wie vor Jahren die Bäume von St. Heiden? Bevor er sich zurückzog, drehte August ein weiteres Mal an der Rolle. Dieses Fffff – jetzt wusste er es – würde ihm nicht mehr erlauben, sich allein zu fühlen. Doch dieses Fffff wäre es auch, das ihn jeden Tag, und sei es für ein paar Sekunden, daran denken ließe, dass man nicht lieben kann, ohne die Last der Melancholie zu spüren.

War er glücklich? Er war es fast immer gewesen, wenn auch nie so wie in diesem Augenblick, da ihn das Gefühl übermannte, nach einem langen Weg in seiner wahren Heimat eingetroffen zu sein. Damit sein Glück vollständig war, fehlte ihm nur noch die Stimme eines geliebten Wesens an seiner Seite. Und nicht irgendeine Stimme, sondern jene, die ihn vom anderen Ende einer Telefonleitung her fragte: »Bereit?« Dieser schon lange verklungenen Stimme hätte er geantwortet: »Fertig«, im Bewusstsein, dass er erst jetzt, an seine Endstation gekommen, wirklich bereit war für das Glück.

Da weinte August, wie es ihm der Tränen-Baum beigebracht hatte. Er weinte, weil
es ihm nach Jahren der Wechselfälle einfach
zu gut ging. Weil er endlich begriff, dass seine
Wanderungen einen Sinn gehabt hatten, und
vor allem, weil er die unermessliche Freude,
die er jetzt genoss, nicht mit der Liebe seines
Lebens teilen konnte. Nein, nie würde er zu
Magdalena sagen können: »Bereit. Ich bin nach
Hause zurückgekehrt.« Oder: »Fertig. Ich bin
der Drucker von Romanshorn.«

Als er den Betrieb wieder aufgenommen hatte, stellte der Drucker Zollinger fest, dass ihn
der Lärm der Maschinen an den der Eisenbahn
und dieser – wie bereits gesagt – an Magdalena
erinnerte. Andererseits rief ihm das Geräusch
der riesigen Papierrolle – wie ich ebenfalls erwähnte – den Ferdinand-Baum und dieser natürlich den Ferdinand-Menschen in Erinnerung, womit sowohl sein Freund als auch seine
Geliebte – das schien die Schlussfolgerung zu
sein – sich in der Werkstatt und an seiner Seite
befanden.
Seitdem blickte er jeden Morgen, wenn er
seine Werkstatt betrat, mit echter Sympathie
zur Druckerpresse und sagte: »Guten Tag, Magdalena«, dabei mit dem Kopf eine leichte Ver-
beugung andeutend. Dann sah er die riesige
Papierrolle an, fügte hinzu: »Guten Tag, Ferdinand« und senkte erneut den Blick – vielleicht um besser nach innen sehen zu können,

wo sein Ferdinand und seine Magdalena zweifellos eine Heimstatt gefunden hatten. Auch am Abend, wenn die Arbeit beendet war, verabschiedete August sich von denen, die seine Weggefährten gewesen waren und es weiter blieben: »Auf Wiedersehen, Magdalena«, sagte er mit einem unvermeidlichen Anflug von Traurigkeit oder: »Bis morgen, Ferdinand.« Schon an der Tür der Druckerei – seinem eigentlichen Zuhause – ergänzte er fast unhörbar: »Schlaft gut. Ihr seid ja nicht allein, sondern habt einander zur Gesellschaft.« Und manchmal aus Spaß: »Fffffffffffff ...«

Jeden Sonntag ging August in seinem geliebten Wald von Romanshorn spazieren, und wenn ihn niemand beobachtete – oder er das zumindest glaubte –, umarmte er die Bäume, die er am meisten mochte, oft die schwächsten und schutzlosesten. Er wünschte sich, dass die Bäume auch hier, wie in St. Heiden, zu ihm sprachen. Er wollte, dass sie etwas zu ihm sagten und auf diese Weise das Wunder seines Lebens bestätigten. Doch die Bäume von Romanshorn gaben keine Töne von sich und redeten auch nicht zu ihm. Das – folgerte August – war allein eine Fähigkeit der Bäume von St. Heiden, etwas, das er niemandem außer mir jemals anvertrauen wollte, damit man ihn nicht für verrückt hielt.

Auch ohne die Klänge der Natur und der Musik, auch ohne die Wörter fühlte August

sich in diesen immer ausgedehnteren sonntäglichen Umarmungen wohl. Es schien ihm, dass
die Bäume von Romanshorn, auch wenn sie
schwiegen, eine Eigenschaft besaßen, die denen von St. Heiden fehlte. Dort hatte er die
Bäume umarmt, hier waren es in gewisser Weise sie, die ihn umarmten und ihm das Gefühl
vermittelten, freundlich aufgenommen und
mit der Welt versöhnt zu sein. Und deshalb,
weil er sich beschützt fühlte, wurden Augusts
dramatische Umarmungen jedes Mal länger
und intensiver.

So ging es, bis einige Kinder aus dem Dorf
ihn in dieser Trance entdeckten. Doch sie wag-
ten nicht, über ihn zu lachen oder auf den
Dorfplatz zu laufen und allen zu erzählen, was
sie gesehen hatten, und erst recht nicht, Steine nach ihm zu werfen, wie sie es mit anderen
Einzelgängern taten. Sie sahen ihm nur schweigend aus der Ferne zu, wie bei einem Ereignis,
das man zwar nicht versteht, von dem man aber
weiß, dass es heilig ist. Es waren die Kinder, die
begannen, den Drucker von Romanshorn fort-
an den »Mann, der die Bäume umarmt« zu nennen.

Madrid, Frühjahr 2002

© Corina Arranz

Pablo d'Ors wurde 1963 in Madrid geboren und hat in New York, Rom, Prag und Wien Theologie und Philosophie studiert. 1991 ließ er sich zum Priester weihen und ging für mehrere Jahre nach Honduras. Neben seinen Romanen veröffentlicht d'Ors auch Essays, die sich in Spanien großer Beliebtheit bei Publikum und Kritik erfreuen.

Spanische Literatur bei Wagenbach

Javier Fernández de Castro
In Erinnerung an einen vorzüglichen Wein
Ein gehörnter Winzer, ein Verleger technischer Fachliteratur, ein Ingenieur, viel Rotwein und noch mehr Kühe: Ein kurzer Roman über eine Männerfreundschaft.
Aus dem Spanischen von Timo Berger
SVLTO. Rotes Leinen. Fadengeheftet. 120 Seiten

Javier Fernández de Castro
Die berauschende Wirkung von Bilsenkraut
Ein Pferd, das sich im Glockenstrang der Dorfkirche verheddert, ein Adeliger, der einen Kanal von Spanien bis nach Flandern bauen will, und zwei Motorradfahrer im Rausch des Bilsenkrauts: unverwechselbar Fernández de Castro.
Aus dem Spanischen von Timo Berger
SVLTO. Rotes Leinen. Fadengeheftet. 144 Seiten

Josep Pla   Die Schmuggler
Gelobt sei die Zeit, als Fahrradersatzteile auf dem Schwarzmarkt hochbegehrt waren. Zwei Fischer vergessen darüber ihre Profession, werden zu Schmugglern – und schippern mit einem Schriftsteller, der über das Geheimnis der Anchovis sinniert, die Costa Brava entlang. Ein Lob auf das süße Nichtstun!
Aus dem Katalanischen und mit einem Nachwort von Eberhard Geisler
SVLTO. Rotes Leinen. Fadengeheftet. 96 Seiten

Juan und Juanita   *Spanische Liebesgeschichten*
Was ist aus dem guten alten spanischen Macho geworden? Gibt es ihn noch, oder hat sich Don Juan inzwischen in eine Doña Juanita verwandelt? Genauere Antworten darauf gibt dieses *SVLTO*.
Zusammengestellt von Marco Thomas Bosshard
SVLTO. Rotes Leinen. Fadengeheftet. 144 Seiten

Javier Tomeo Mütter und Söhne *Roman über Monster*

Zwei Söhne unterhalten sich über Leben, Beruf und ungeklärte Morde, und im Hintergrund räuspern sich die Mütter.

Aus dem Spanischen von Elke Wehr. Deutsche Erstausgabe
SVLTO. Rotes Leinen. Fadengeheftet. 128 Seiten

Miguel Ángel Hernández Fluchtversuch *Roman*

Ein Künstler pfercht einen Afrikaner in eine Holzkiste und stellt ihn aus – die Kritiker sind begeistert. Doch danach ist der Eingesperrte wie vom Erdboden verschluckt. Der Student Marcos beginnt nachzuforschen und steckt mit seinem bösen Verdacht auch den Leser an: Kann Kunst tödlich sein?

Aus dem Spanischen von Jannike Marie Haar
und Carsten Regling
Quartbuch. Englische Broschur. 256 Seiten
Auch als ebook lieferbar.

Ricardo Menéndez Salmón Medusa *Roman*

Ein eindringlicher Roman darüber, wie der Maler, Fotograf und Filmemacher Prohaska die Grausamkeit des 20. Jahrhunderts zu bannen versucht.

Aus dem Spanischen von Carsten Regling
Quartbuch. Gebunden mit Schutzumschlag. 144 Seiten
Auch als ebook lieferbar.

Manuel Vázquez Montalbán Das Quartett

Drei Männer, zwei Frauen. Wie soll das gutgehen? Bald schon wird die Antiquitätenhändlerin Carlota tot aufgefunden, scheinbar ertrunken im Teich ihres Anwesens. Wer war ihr Mörder?

Aus dem Spanischen von Theres Moser
WAT 686. 96 Seiten

Kurze Romane bei Wagenbach

Jacques Roubaud   Der verlorene letzte Ball   *Roman*

Ein kleines Buch – große Themen: Es geht um Treue und Verrat, um Liebe und Opportunismus. Roubaud erzählt sparsam und fesselnd zugleich, wie aus einem leichthin gegebenen Versprechen grausamer Ernst wird, von dem Leben abhängen.

Aus dem Französischen von Elisabeth Edl
SVLTO. Rotes Leinen. Fadengeheftet. 120 Seiten

Italo Svevo   Der alte Herr und das schöne Mädchen

Die Geschichte ist die letzte und schönste Erzählung Svevos. Ein Meisterstück über die noch einmal ungehörig erwachenden Lebensgeister eines bürgerlichen Charlie Chaplin.

Aus dem Italienischen von Barbara Kleiner
Mit einem biographischen Profil, Fotos, Lebensdaten und Bildern
SVLTO. Rotes Leinen. Fadengeheftet. 112 Seiten

Michela Murgia   Murmelbrüder
Eine Geschichte aus Sardinien

Die sardische Autorin Michela Murgia schreibt diesmal nicht über das enge und mitunter schmerzende Band der Familie, sondern über eine Beziehung, die oft freier, aber dabei ebenso tief sein kann: Freundschaft.

Aus dem Italienischen von Julika Brandestini
SVLTO. Rotes Leinen. Fadengeheftet. 120 Seiten

Tania Blixen   Die Straßen um Pisa

Die Übernachtung in einem Gasthof nahe Pisa wird für einen jungen Grafen zu einem kleinen Abenteuer: Allmählich wird ihm klar, wie viele der hier Versammelten Komödie spielen und in diverse Eklats verwickelt sind.

Aus dem Englischen von Martin Lang
Mit einem Nachwort von Jürg Glauser
SVLTO. Rotes Leinen. Fadengeheftet. 84 Seiten

Andrea Camilleri   Der geraubte Himmel

Die Liebe zur Kunst und die Liebe zu einer mysteriösen
Dame gehen bei Camilleri eine vertrackte und später
höchst gefährliche Verbindung ein. Der Kommissar er-
mittelt ...

Aus dem Italienischen von Christiane von Bechtolsheim
SVLTO. Rotes Leinen. Fadengeheftet. 120 Seiten

Frédéric Chaudière   Geschichte einer Stradivari

Die abenteuerliche Biographie einer dreihundert Jahre
alten Geige. Gefertigt vom berühmten Stradivari, erlebte sie ungezählte Auftritte und Reisen, wurde vergessen
und versteckt, in den dreißiger Jahren regelrecht ent-
führt und erst jüngst überraschend wiederentdeckt.

Aus dem Französischen von Sonja Finck
SVLTO. Rotes Leinen. Fadengeheftet. 144 Seiten

Michèle Desbordes   Die Bitte   *Eine Geschichte*

Die Geschichte einer merkwürdigen Beziehung im
16. Jahrhundert. Zwischen einer einfachen Frau und einem berühmten Mann, am Ende ihrer beider Leben, am
Ufer der Loire. Ein behutsamer Roman, konzentriert
wie eine Zeichnung nach der Natur.

Aus dem Französischen von Barbara Heber-Schärer
SVLTO. Rotes Leinen. Fadengeheftet. 120 Seiten

Sergio Pitol   Eheleben

Das Eheleben von Jacqueline und Nicolás ist ein Feuer-
werk an misslingenen Morden. Eine Geschichte über
Geld, Liebhaber, Älterwerden und andere Überlebens-
fragen. Mit diesem Roman wird der bedeutende mexika-
nische Autor erstmals auf deutsch vorgestellt.

Aus dem mexikanischen Spanisch von Petra Strien
Mit einem Nachwort von Antonio Tabucchi
SVLTO. Rotes Leinen. Fadengeheftet. 144 Seiten

Noch mehr Romane bei Wagenbach

Ursula Ackrill   Zeiden, im Januar   *Roman*

Siebenbürgen im Winter 1941. Der Krieg rückt den Menschen in Zeiden auf den Leib und spaltet den Ort. Allein Leontine spürt die Gefahr seit Langem – und warnt. Sie versucht, ihre große Liebe zu vergessen und bricht mit dem ältesten Freund; doch ob sie sich retten wird? Denn es dunkelt sehr früh, und in der Hauptstadt wird geschossen.

Quart*buch*. Gebunden mit Schutzumschlag. 256 Seiten
Auch als ebook lieferbar.

Ricardo Piglia   Munk   *Roman*

Ein literarisch bewanderter Serienkiller sprengt Universitätsprofessoren mit Briefbomben in die Luft – das FBI tappt im Dunkeln. Ricardo Piglia erfindet den amerikanischen Kriminalroman neu und bietet ein anspielungsreiches Lesevergnügen.

Aus dem argentinischen Spanisch von Carsten Regling
Quart*buch*. Gebunden mit Schutzumschlag. 256 Seiten
Auch als ebook lieferbar.

Milena Michiko Flašar   Ich nannte ihn Krawatte
Roman

Ist es Zufall oder eine Entscheidung? Auf einer Parkbank begegnen sich zwei Menschen. Der eine alt, der andere jung, zwei aus dem Rahmen Gefallene. Nach und nach erzählen sie einander ihr Leben und setzen behutsam wieder einen Fuß auf die Erde.

Quart*buch*. Gebunden mit Schutzumschlag. 144 Seiten
Auch als ebook lieferbar.

Michela Murgia   Accabadora   *Roman*

Eine Geschichte über Mutter und Tochter, wie sie noch nie erzählt worden ist. Ein Roman, in dem das archaische und das moderne Italien aufeinandertreffen.

Aus dem Italienischen von Julika Brandestini
Als ebook lieferbar. 176 Seiten

Daniel Alarcón   Des Nachts gehn wir im Kreis
Roman
Auf der Theaterbühne ist Nelson seiner Rolle gewachsen – nicht aber im wirklichen Leben. Er ist einer derjenigen, die nach einem Krieg noch immer den Weg zurück in die Normalität suchen. Und so probt auch er seine eigene Existenz, geht im Kreis – und wird dabei vom Feuer verzehrt.

Aus dem Amerikanischen von Friederike Meltendorf
Quart*buch*. Gebunden mit Schutzumschlag. 352 Seiten
Auch als ebook lieferbar.

Ryad Assani-Razaki   Iman *Roman*
Drei junge Menschen begegnen sich in einem namenlosen afrikanischen Land. Ineinander verklammert trotzen sie der brutalen Realität, nähren den Glauben an echte Liebe und eine Zukunft. In diesem wuchtigen, fiebrigen Buch stecken neben der Tragödie Afrikas auch seine Kraft und sein Reichtum.

Aus dem Französischen von Sonja Finck
Quart*buch*. Gebunden mit Schutzumschlag. 320 Seiten
Auch als ebook lieferbar.

Stefano Benni   Von allen Reichtümern *Roman*
Lebensweisheit und Witz, zarteste Poesie und giftender Sarkasmus, Klugheit und überbordende Erzählfreude: Der italienische Literaturstar Stefano Benni in Höchstform!

Aus dem Italienischen von Mirjam Bitter
Quart*buch*. Gebunden mit Schutzumschlag. 224 Seiten
Auch als ebook lieferbar.

Wenn Sie mehr über den Verlag und seine Bücher wissen möchten, schreiben Sie uns eine Postkarte (mit Anschrift und ggf. E-Mail). Wir verschicken immer im Herbst die *Zwiebel*, unseren Westentaschenalmanach mit Gesamtverzeichnis, Lesetexten aus den neuen Büchern und Photos. *Kostenlos!*

Verlag Klaus Wagenbach   Emser Straße 40/41   10719 Berlin
www.wagenbach.de

Die Wanderjahre des August Zollinger erschien im Frühjahr 2015 als 209. *SVLTO*.

Die spanische Originalausgabe erschien erstmals 2003 unter dem Titel *Andanzas del impresor Zollinger* bei Anagrama in Barcelona, 2013 wurde das Buch bei Impedimenta neu aufgelegt.

Diese Ausgabe wurde mit einer Beihilfe der Abteilung für Bücher, Archive und Bibliotheken des spanischen Ministeriums für Erziehung, Kultur und Sport übersetzt. La presente edición ha sido traducida mediante una ayuda de la Dirección General del Libro, Archivos y Bibliotecas del Ministerio de Educación, Cultura y Deporte de España.

GOBIERNO DE ESPAÑA MINISTERIO DE CULTURA

Umschlaggestaltung Julie August unter Verwendung des Gemäldes »Haus mit trocknender Wäsche« von Egon Schiele, 1917 © bridgeman images 2014. Gesetzt aus der Goudy. Einband- und Vorsatzmaterial von Gebr. Schabert, Strullendorf, Gedruckt und gebunden von der Druckerei Kösel in Krugzell.

ISBN 978 3 8031 1308 5

9 783803 113085